Renier

Schw

Abenteue

und 1 schwarzen Nacht

Band 1

Renier-Fréduman Mundil

Schwarzbart & Mikado
Abenteuergeschichten aus 1000 und 1 schwarzen Nacht

Band 1

Illustriert von Ugne Esther N'kaya

Impressum

Bibliografische Information der Deutschen Nationalbibliothek:

Die Deutsche Nationalbibliothek verzeichnet diese
Publikation in der Deutschen Nationalbibliografie;
detaillierte bibliografische Daten sind im Internet über
http://dnb.dnb.de abrufbar.

© 2024 Renier-Fréduman Mundil
        Viola Hartmann
Covergestaltung Dan Winkler
Illustrationen Ugne Esther N'kaya

Verlag: BoD · Books on Demand GmbH,
In de Tarpen 42, 22848 Norderstedt
Druck: Libri Plureos GmbH, Friedensallee 273,
22763 Hamburg

ISBN: 978-3-7597-2278-2

Für Sophie

Einleitung oder erste Geschichte?

Vor einem Monat habe ich zwei seltsame Briefe bekommen. Einen Brief von der Vereinigung der Bäume und einen Brief von der Gewerkschaft der Kugelschreiber, weil meine Einleitungen in den Büchern immer viel zu lang seien. Aber immerhin habe ich es noch nicht geschafft, eine Einleitung zu schreiben, die länger als das eigentliche Buch ist. Das kann nur bedeuten, dass meine Einleitungen noch immer zu kurz oder die Bücher noch immer zu lang sind.

Aber die Bäume haben mir gedroht, wenn ich mich nicht kürzer fasse, dass mir künftig jedes Mal bei einem Spaziergang ein Blatt auf den Kopf fällt, auf dem entweder hundert Spinnen sitzen oder ein Blatt, auf dem vorher ein Vogel mit Bauchgrimmen gesessen hat. Und die Kugelschreiber damit, dass sonst alle meine 16 Enkelkinder mit einem Kugelschreiber an jedem Finger und einem Kugelschreiber an jeder Zehe meine Arme und Beine mit Graffiti anmalen. Sind Sie schon einmal von 320 Kugelschreibern gleichzeitig angemalt worden? Obwohl, vielleicht könnte ich mich nachher als Kunstwerk verkaufen? Auweia, die Einleitung.

Diese Geschichten stammen aus einer Zeit, als die Nacht noch gut war, also aus der Gute-Nacht-Zeit oder als man unter Bettgeschichten noch etwas anderes verstand als heute und die ich deshalb mal am-Bett Geschichten oder vor-Bett Geschichten nennen will. Davon gab es unendlich viele, viele sind in den Köpfen der Zuhörer verschwunden, viele einfach in der dunklen Nacht oder in unsichtbaren Löchern, die es besonders abends überall in der Luft gibt, weil wir Menschen so viel Luft rausgeatmet haben und die Bäume die Löcher nachts erst wieder zustopfen müssen, sonst würden nicht nur Geschichten, sondern ganze Menschen oder mit der Zeit lange Busse in diesen Löchern verschwinden. Einige schlafen noch irgendwo auf gekringelten Bändern, die mit Buchstabenkleber bestrichen sind und alle Wörter festhalten, die man in ihrer Nähe spricht. Und einige sind hiermit jetzt auf Papier angekettet, in den abgeschlossenen Käfig eines Buches eingesperrt worden und hoffen, von dort in Augen, Ohren und Köpfen fliehen zu können.

Ich liebe Musik und ich liebe besonders die Musik von Brahms. Er sieht nämlich wie ein Zwillingsbruder von Schwarzbart aus. Wenn ich ihn treffe, muss ich ihn das mal fragen. Und außerdem war der Klavierlehrer von meinem

Klavierlehrer ein Schüler von Brahms. Mein Klavierlehrer hieß Hansen, über ihn könnte ich unglaubliche Geschichten erzählen, dagegen ist Schwarzbart vielleicht gar nichts. Sein Name kommt hoch vom Norden, wo das Meer immer hin- und her- schwappt, manchmal so viel wegschwappt, dass es leer ist und sich alle fragen, „Watt is denn jetzt los" und manchmal so viel herschwappt, dass alles überläuft, jeder bis zum Knie nasse Füße bekommt und auch wieder fragt, „Watt is denn nu schon wieder los?" Und der Lehrer von meinem Klavierlehrer war ein Schüler von Brahms und Brahms kam auch vom Norden, wo das Meer hin- und herschwappt. Das ist kein Seemannsgarn, höchstens Meeresgarn. Ich brauche nur vier Schritte auf dem Klavier zu laufen und lande bei Brahms. Aber wer läuft schon auf einem Klavier? Höchstens die Finger. Die können nicht sprechen, nur schreiben. Leider haben sie mir noch nie geschrieben, ob sie beim Laufen über dem Klavier Brahms getroffen haben. Aber sie haben mir mal geschrieben, dass das ganze Gequatsche von schwarz und weiß, schwarzen Fingern, weißen Fingern, schwarzen Tasten, weißen Tasten, blöder, blöder, blöder Blödsinn ist, also Blödsinn hoch drei, weil bei schwarzen Fingern genauso schöne Töne auf einem Klavier herauskommen wie bei weißen

Fingern, wenn sie übers Klavier laufen, und die Musik am schönsten klingt, wenn die schwarzen Tasten mit den weißen zusammen bunt spielen.

Und der Zwilling von Schwarzbart, also Brahms, hat auch Musik für ein großes Orchester geschrieben. Ein Orchester sieht vielleicht komisch aus. Ein dicker Kontrabass, eine Geige als superschlankes Modell, ein Fagott als brummender Bär, eine Oboe als quakende Ente. Aber keiner lacht über den Anderen, sie lachen alle zusammen über alles Mögliche, nur nicht über den Anderen. Lachen nicht, weil der Andere anders aussieht, weil jeder gelernt hat, es macht am meisten Spaß, wenn man zusammen Krach macht und dazu braucht es eben auch jeden, egal, wie er aussieht, Hauptsache, er kann Krach machen.

Oh je, jetzt bin ich im Meer der Töne und nicht im Meer der Wassertropfen gelandet. Macht nichts, da wir gerade am Quatschen waren. Bei Brahms hat mich immer geärgert, dass er eine Menge aufgeschriebener Ideen in den Papierkorb geschmissen hat, weil sie ihm nicht gefallen haben. Diesen Papierkorb hätte ich gern. Leider ist er schon geleert worden, weil es nur fleißige Müllmänner gibt, die jeden Papierkorb spätestens nach einer Woche leeren. Wenn bereits früher der Müll verbrannt wurde, sind die vielen Noten und Ideen aus Brahms Papierkorb aus dem Müllbrennschornstein in die Luft geflogen und fliegen jetzt um unsere Köpfe, leider ohne, dass wir es merken. Und leider sind von Schwarzbart auch viele Geschichten im Papierkorb der Abendluft verschwunden. Das aber ärgert wohl nur mich. So habe ich wenigstens etwas mit Brahms gemeinsam.

Übrigens, in einem Punkt bin ich sogar besser als Brahms. Für seine erste Sinfonie soll er von der ersten Idee bis zum Ende, hat er selbst gesagt, 21 Jahre gebraucht haben. Meine Schwarzbart-Geschichten sind über 40 Jahre alt geworden, bevor sie von der Idee endlich auf dem Papier gelandet sind. Das hat Brahms zum Glück nicht geschafft.

Auweia, es wird bald Ärger geben mit der Vereinigung der Bäume und der Gewerkschaft der Kugelschreiber, wenn ich nicht endlich aufhöre. Aber wie komme ich von der Musik, von Brahms, zurück zu einem alten Kapitän, der über unzählige Wassertropfen fährt und jeden einzelnen Wassertropfen mit Namen kennt?

Da muss mir noch so ein cooler Typ wie Brahms helfen. Er heißt Mendelssohn und der hat ein Stück geschrieben: „Meeresstille und glückliche Überfahrt". Dazu hat er sich ein Gedicht vom Fürsten der Wörter, von Goethe, abgeguckt.

Leider ist wegen der anderen Buchstaben hier kein Platz mehr, das Gedicht aufzuschreiben. Aber wer dieses Gedicht liest und dann mit geschlossenen Augen die „Meeresstille und glückliche Überfahrt" von Mendelssohn hört, kann sogar den Wind sehen und kann hören, wie salzige Lufttropfen auf seinem Kopf tanzen. Und kann damit ein bisschen verstehen, wie sich der alte Schwarzbart auf seinen vielen Abenteuerreisen gefühlt hat. Und Mikado? Ach ja, der Affe, der hat Glück gehabt, zu ihm kann ich hier kein Quatschseemannsgarn mehr schreiben, wegen der Bäume und der Kugelschreiber und wegen vielem anderen mehr. Aber das ist wieder eine andere Geschichte, eine andere Einleitung, davon später, vielleicht, vielleicht ein anderes Mal, aber nur vielleicht.

Denn aus der Ferne sehe ich bereits die ersten Töne anfliegen und tatsächlich, an jedem Ton hängt ein Tropfen aus dem riesigen Meer. Ach, was rede ich. Jeder Ton ist ein Meerestropfen. Endlich verstehe ich, warum Noten, Töne aussehen, wie sie aussehen, wie Wassertropfen, zumindest die gesungenen, sie sind einmal durch die Spucke des Mundes geflogen, bevor sie durch die Luft in unser Ohr gelangen. Auweia, ich mache jetzt besser wirklich Schluss… Denn wer hat schon gerne Spucke im Ohr?

1
Der verdoppelte Schiffskapitän

Schwarzbart war ein alter Kapitän, 100 Jahre alt und davon 105 Jahre zur See gefahren. Jetzt hatte er genug, genug von wackelnden Schiffen, turmhohen Wellen, gefährlichen Haien, Riesenkraken, genug von allem, was mit dem Meer zu tun hatte. Er zog sich auf eine kleine Insel zurück und wartete darauf, dass der Tag zu Ende ging.

Wenn ihn niemand besuchte, stellte er sich die neue Welt vor, auf die er wartete, ob es dort auch Segelschiffe, Wasser, Meerestiere und all diese Dinge gab, oder ob diese neue Welt völlig anders sein würde. Kam aber jemand zu Besuch, erzählte er von seinen Abenteuern. Der Einzige, der ihn besuchte, war ein Affe. Er liebte zwei Dinge: Bananen essen und Mikado spielen. Deshalb nannte ihn Schwarzbart Mikado.

Eines Tages sah Schwarzbart, wie der Affe im Gras hockte und mindestens 20 Bananen vertilgte. Dann nahm er alle Schalen in eine Hand, drehte sie, ließ sie zu Boden fallen und spielte mit den Bananenschalen Mikado.

Darf ich Sie etwas fragen?, räusperte sich Schwarzbart.

Der Affe blickte hoch.

Wenn es mit Bananen oder Mikado zu tun hat, können Sie mir jede Frage stellen. Für beide Dinge bin ich der beste spezialisierteste speziellste Spezialist.

Etwas anderes, entschuldigte sich Schwarzbart, lassen Sie mich etwas anderes fragen.

Der Affe blickte ihn ungläubig an. Gab es etwas anderes Interessantes außer Bananen und Mikado spielen?

Sie kennen mein erstes Abenteuer?, fragte Schwarzbart etwas verlegen.

Nein, erwiderte der Affe. Erzählen Sie. Während Ihrer Erzählung können die Bananenschalen in der Sonne trocknen, nachher lässt sich damit leichter Bananen-Mikado spielen.

Mein Segelschiff war die Neptunia I. Ich umrundete mit ihr hundert Mal die Erde. Jedes Jahr ein Mal. Auf einer Fahrt kam ich an einer Insel vorbei, die auf meinen Karten nicht eingezeichnet war. Sie musste einige Jahre zuvor durch einen Vulkanausbruch entstanden sein. Trotzdem lebten auf ihr schon Menschen, Menschen wie ich ihnen später nie mehr begegnet bin.

Ich legte im Hafen an, packte alles Wichtige für einen Landgang zusammen und verließ mein Boot. Als erstes wollte ich meine Vorräte auffüllen.

Also lief ich zum nächsten Laden, betrat das Geschäft und sah mich gründlich um. Von hinten trat der Verkäufer auf mich zu, ein Berg von Mann, mindestens dreimal so groß wie ich und viermal so breit.

Was wünschen Sie?

Seine Stimme war laut, gewaltig, beinahe hätte ihr Klang mich umgeworfen.

Zuerst ein Fass Rum.

Der Verkäufer sah mich ungläubig an, als hätte er nur die Hälfte verstanden.

Ein Fass Rum, wiederholte ich.

Daraufhin betrachtete der Verkäufer ungläubig seine eigenen Hände und wollte von mir wissen, wo mein Boot lag. Ich zeigte ihm die Neptunia, die ungefähr einen Kilometer entfernt im Hafen am Anker schaukelte. Der Verkäufer nahm zwei Fässer Rum, trat vor die Ladentür und warf die Fässer im hohen Bogen durch die Luft, dass sie genau auf meinem Schiff landeten. Sprachlos betrachtete ich das Geschehen.

Was darf es sonst noch sein?

Eine Kiste Zwieback.

Der Verkäufer nahm drei Kisten und machte mit ihnen dasselbe wie mit dem Rum. Nur, dass er die Kisten auf seinen linken Handrücken stellte und sie diesmal mit dem Zeigefinger der anderen Hand im hohen Bogen auf mein Boot schnipste.

Alles? fragte er mit seiner tiefen Stimme.

Ein großes Paket Trockenfleisch.

Der Verkäufer verschwand im Lager, kam mit zwei großen Paketen zurück und beförderte sie wieder auf mein Boot. Nur, dass er sie diesmal über sich in die Luft warf und sie wie ein Fußballspieler mit einem gewaltigen Kopfball auf mein Boot kickte. Endlich hatte ich alles Notwendige geordnet und wollte bezahlen. Ich ließ mir den Preis von jeder Sache sagen, rechnete alles zusammen (sie müssen wissen, überall auf der Welt kontrolliere ich die Rechnungen, sonst wäre ich längst ein armer Mann) und kam auf eine Summe von einem Goldtaler.

Natürlich hatte ich dabei die gesamte Menge berücksichtigt.

Der Verkäufer sah mich an:

Alles zusammen zwei Goldtaler.

Zwei Goldtaler? erwiderte ich entsetzt. Ich habe mitgerechnet, es kostet genau einen Goldtaler.

Unwirsch starrte der Riese in meine Augen. Er drückte auf einen Knopf und Männer erschienen, offensichtlich Polizisten der Insel. Sie sahen sich zum Verwechseln ähnlich. Ohne ein Wort wies einer von ihnen auf die andere Straßenseite.

Nie wieder habe ich so etwas gesehen. Auf der anderen Straßenseite stand genau dasselbe Geschäft, davor ein Riese von Verkäufer, der dem Verkäufer von meinem Geschäft bis aufs kleinste Haar glich und jetzt kommt das Erstaunlichste:

Auf der anderen Seite sah ich mich, ich sah mich, wie ich vor demselben Geschäft, vor demselben Verkäufer stand, dieselbe Kleidung trug, hörte, wie ich dieselben Worte sprach, wie ich dieselben Bemerkungen machte.

Auf der Insel kam alles doppelt vor, folgerte ich messerscharf, Nur, das hätte ich besser nicht machen sollen. Einer meiner messerscharfen Gedanken schoss so schnell durch meinen Kopf, dass er in der nächsten Gehirnwindung nicht mehr in der Kurve bleiben konnte und schnurstracks geradeaus durch mein Ohr aus meinem Kopf heraussauste; nicht, ohne mir dabei ein Stück von meinem Ohrläppchen abzutrennen.

Schwarzbart zeigte auf sein linkes Ohr, dessen unterer Rand wie ein Zipfelwimpel zerfranst herabhing.

Das doppelte Vorkommen aller Dinge war offensichtlich der Grund, warum der Verkäufer mich nicht richtig verstanden hatte.

Wenn alles doppelt vorkam, gibt es etwas, was es nicht gibt, was man auf dieser Insel nicht kennen konnte.

Was meinen Sie?, fragte Mikado staunend.

Ganz einfach, antwortete Schwarzbart, es gab keine 1, die Zahl 1 existierte nicht auf dieser Insel der doppelten Welt. Wegen der fehlenden 1 hätte ich auf dieser Insel nie zur Schule gehen können, meine Zeugnisse kannten keine anderen Noten als die Eins. Bestellte ich ein Fass Rum, bekam ich zwei, wollte ich eine Kiste Zwieback, bekam ich sogar drei, betrug die Rechnung einen Goldtaler, musste ich zwei bezahlen.

Ich beschloss, mit zwei Goldtalern zu zahlen und mich danach schleunigst aus dem Staub zu machen, schon allein wegen der Polizisten, die wahrscheinlich auch doppelt so schnell laufen und mich nicht mit einem sondern zwei Paar Handschellen fesseln würden, obwohl ich doch nur zwei Arme besaß. Für zwei Paar Handschellen brauchen die Polizisten vier Arme, wahrscheinlich würden sie mich verhaften, weil ich zu wenige Arme hatte, sobald es ihnen auffiel.

Ich rannte die Straße zum Hafen hinunter, Autos kamen wir entgegen, immer zwei, die nebeneinander fuhren, gleiches Aussehen, gleiche Farbe, alles identisch.

Als ich am Hafen ankam, hatte ich ein Riesenproblem. Auf einmal standen zwei Segelschiffe mit dem Namen Neptunia I. im Wasser, die sich bis auf die kleinste Schramme glichen, eineiige Schiffszwillinge.

Mir fielen die Haifischzähne ein. Vor vielen Jahren hatte sich ein wütender Haifisch in der Kielplanke meines Bootes verbissen, seitdem steckten dreihundert Haifischzähne im Holzkiel meines Schiffes. Daran konnte ich die Schiffe unterscheiden. Doch Pustekuchen, besser gesagt, Haifischzahnkuchen, Haifischzähne steckten im Kiel beider Boote. Sparen Sie sich die Frage, kam Schwarzbart dem Affen zuvor. Natürlich habe ich die Zähne abgezählt, in jedem Boot zappelten 300, auch daran hatte, wer auch immer für diese doppelte Insel verantwortlich war, ebenso gedacht. Und natürlich, auch Formen, Größe, Anzahl der anhaftenden Blutstropfen, alles war an den Haifischzähnen beider Boote bis zum letzten Atomteilchen identisch.

Welches Schiff sollte ich nehmen?

Schwarzbart holte tief Luft, der Affe merkte, dass etwas Schlimmes passiert sein musste.

Ja, sagte Schwarzbart, ich nahm das verkehrte Boot, auf einer doppelten Insel macht man immer alles verkehrt; ich entschied mich für das doppelte Schiff, nicht für das, mit dem ich gekommen war. Auf meiner weiteren Fahrt musste ich dafür bitter büßen.

Schwarzbart stockte.

Erzählen Sie weiter, bat Mikado.

Nein. Der Kapitän schüttelte den Kopf. Ich wollte von meinem ersten Abenteuer erzählen. Meine Weiterreise auf dem Spiegelboot ist eine ganz andere Geschichte, davon später, ein anderes Mal, vielleicht später, wir werden sehen, später, vielleicht später….

***

2
Die eisgefrorenen Wunderkugeln

Sie kennen mein zehntes Abenteuer?
Der Affe Mikado wunderte sich. Er saß auf dem knorrigen Kleiderschrank, im Schaukelstuhl schlief der alte Schwarzbart und begann, im Schlaf zu reden.

Sie kennen mein zehntes Abenteuer? wiederholte Schwarzbart im Schlaf.

Nein, rief Mikado vom Schrank herunter. Er war gespannt, ob Schwarzbart ihn im Schlaf hören konnte und weitererzählen würde.

Ich werde es Ihnen berichten, fuhr Schwarzbart fort.
Drei Jahre war es her, ich machte mich mit der alten Neptunia auf, einen neuen Eisberg zu holen, da überkam mich ein Gedanke, ich müsse doch den Eskimomenschen auch ein kleines Geschenk mitbringen. Zum Glück kannte ich die Geschichte der Schildbürger, die ein Rathaus ohne Fenster bauten und dafür das Licht mit Säcken ins Haus trugen. Also beschloss ich, den Eskimos davon mitzubringen, wovon sie wenig hatten. Ich stellte eine alte Blechtonne in meinen Garten, ließ die Sonne einen Tag hineinscheinen, schob am Abend

einen schweren Deckel auf die Tonne: Fertig war mein Geschenk, eine Tonne voller Sonne.

Die Tonne war nicht viel schwerer als vorher, aber sie war heiß wie ein Glutofen. Tag und Nacht leuchtete sie auf meinem Boot, bis ich das Eskimoland erreichte.

Bunkala eikasonha! Bunkala eikasonha!, rief ich den Eskimomenschen zu, ich hatte ja gelernt, ihre Sprache zu sprechen.

Vorsichtig trug ich die Tonne aufs Land, ich meine aufs Eis und wartete, bis sich alle Neugierigen in einen großen Kreis um die Tonne gestellt hatten.

Die Eskimokinder begannen einen wilden Freudentanz, so heftig, dass das Eis zu vibrieren begann. Und da geschah es. Die Tonne kippte um, der Deckel sprang auf und der Inhalt – ein Tag Sonne – ergoss sich auf das Eis. Staunend und wie gelähmt sahen wir, wie die Sonne ein gewaltiges Loch in die meterdicke Eisschicht fraß. Eine Minute später spritzte eine riesige Wasserfontäne aus dem Eisloch in die Höhe und gefror in der kalten Luft zu Eiszapfen, die durch die Luft schwebten. Gleichzeitig gefror die Hauptfontäne zu einem gewaltigen, hunderte Meter hohen Turm aus Eis.

Überwältigt betrachteten alle das gewaltige Loch. Für die Eskimo-Menschen war es wie ein Wunder, denn nun wussten sie, dass unter ihrem Land Wasser war, dass sie auf dem Wasser lebten und wo Wasser war, musste es auch Fische geben.

Der Mutigste von ihnen stellte sich an den Rand des Loches und sprang in die Tiefe. Zwei Minuten geschah nichts, er tauchte…

Ein gleichmäßiges Schnarchen ertönte, Schwarzbart schlief jetzt tief und fest, seine Worte, die er im Schlaf sprach, verstummten.

Erzählen Sie weiter, rief der Affe vom Schrank hinab, erzählen Sie, ist der Eskimo wieder aufgetaucht?

Schwarzbart reagierte nicht. Sein tiefes Schnarchen dröhnte durch die Hütte, quietschend wippte der Schaukelstuhl über die alten Dielen.

Der Affe sprang vom Schrank. Hastig schnitt er in ein Blatt Papier ein Loch hinein, aus dem Wasser spritzte, an der Seite malte er Eskimomenschen, wie er sie sich vorstellte. Dann sprang er auf Schwarzbarts Schoß, zog ein Augenlid hoch und hielt dem alten Kapitän das Bild dicht vors Auge.

Ach ja, stöhnte Schwarzbart im Schlaf, nach einer weiteren Minute tauchte der Eskimo wieder auf.

Die Erzählung ging weiter. Zufrieden sprang Mikado auf den Schrank zurück.

Etwas Wunderbares hielt der Eskimo in der Hand. Eine Eiskugel, die er aus der Tiefe des Wassers geholt hatte. Sie leuchtete wie eine Sonne, strahlte wie ein kleiner Ofen Wärme aus, ohne zu schmelzen. Nacheinander sprangen die Eskimomenschen ins Wasser und holten jeder für sich eine dieser wunderbaren wundersamen Kugeln aus dem kalten Wasser. Sie stellten die Kugeln in die Mitte ihrer Hütten und hatten auf diese Weise immer Licht und Wärme in ihren Eishäusern.

Wovon leuchteten die Kugeln? fragte Mikado und warum waren sie warm, obwohl sie doch aus Eis bestanden?

Die Sonne, antwortete Schwarzbart, die Tonne war ausgekippt, die Sonnenstrahlen schmolzen ein Loch ins Eis und verfingen sich in den Eiskugeln, die im tiefen Wasser schwammen.

Und sie sind sich sicher, dass sich in den Kugeln keine leuchtenden Tiere befanden? fragte der Affe. Ich habe gehört, dass es leuchtende Fische und Quallen geben soll.

Schwarzbart reagierte nicht. Wieder setzte das gleichmäßige Schnarchen des alten Kapitäns ein, die Geschichte verstummte erneut. Mikado machte sich nicht die Mühe, ein neues Bild zu malen, er hatte genug gehört, wenn er die Hälfte davon abzog, blieb immer noch genug übrig, worüber er ungläubig staunte. Vielleicht würde der alte Schwarzbart den Rest erzählen, wenn er wieder aufwachte, doch dazu müsste erst einmal das Schnarchen ausgeschlafen haben und niemand auf der Welt wusste, wovon es abhing, dass ein Schnarchen ausgeschlafen hat oder nicht. Vielleicht würde er irgendwann den zweiten Teil des Abenteuers erfahren, dachte Mikado holte tief Luft und schlief, angesteckt von dem alten Kapitän, auf dem Schrank ein.

Denn nach dem Gähnen ist nichts so ansteckendend wie das Schlafen. Und würde es mit dem Anstecken nicht so lange dauern, könnte es passieren, dass über eine Dominokette ein alter Seebär die ganze Welt mit seinem Schlaf anstecken würde und alle wie bei Dornröschen hundert Jahre auf das Aufwachen warten müssten, falls der alte Schwarzbart nicht vorher erwachte. Wenigstens hundert Jahre keine Abenteuergeschichten des alten See-bären, auch nicht schlecht, träumte Mikado, der in seinem Schlaf offensichtlich alles mitbekam, was diese Papierseite vor sich hindachte.

***

3

Getauschtes Körperstück

Sie kennen mein drittes Abenteuer noch nicht?

Ja ja, ich kenne ihr drittes noch nicht, auch nicht ihr viertes, ihr fünftes, nicht ihr hundertstes und schon gar nicht ihr tausendstes, antwortete Mikado.

Keine Angst, erwiderte Schwarzbart, mein tausendstes kenne ich selbst noch nicht. Lassen Sie mich mit dem dritten anfangen.

Warum? sagte Mikado bissig. Ich frage ja auch nicht, ob Sie schon wissen, was ich erlebte, als ich vor drei Jahren vom Bananenbaum abgestürzt bin, mitten in den See, der vor Krokodilen nur so wimmelte.

Wie interessant, räusperte sich Schwarzbart. Erzählen Sie. Ich habe auch ein Abenteuer mit Krokodilen erlebt. Vielleicht haben wir dasselbe durchgemacht.

Mikado streckte seine rechte Hand vor:

Sehen Sie selbst.

Der rechte Zeigefinger fehlte, Schwarzbart wusste sofort, wie es passiert sein musste.

Beide fast gleich, mein lieber Mikado.

Schwarzbart entledigte sich des rechten Strumpfes, der zweite Zeh fehlte.

Wie ist das passiert? wollte Mikado wissen.

Sehen Sie die Stadt dort, Mikado?

Der Affe nickte. Staunend betrachtete er den alten Kapitän, der sich auf den Stuhl setzte, eine Schnur aus der Tasche kramte und sich selbst an den Stuhl fesselte.

Mein drittes Abenteuer ist so grausam gewesen, dass ich mich vorher immer festbinden muss, bevor ich es erzähle, sonst würde ich jedes Mal weglaufen.

So saß der alte Kapitän, von sich selbst gefesselt, auf dem Stuhl und ließ seine Gedanken angsterfüllt 10 Jahre zurückgleiten.

Ich besaß ein prächtiges Haus auf einer kleinen Südseeinsel. Im Garten baute ich mir einen Swimmingpool, dreimal so groß wie unsere Insel. Ich war schwer geschafft von der vielen Arbeit, dass ich beim Essen nicht einmal selbst wusste, wann ich satt war. Also fragte ich nach jedem zehnten Löffel meinen Diener, ob ich schon satt sei. Antwortete er Nein, aß ich weiter, bei Ja beendete ich mein Essen.

Nach dem Dinner legte ich mich auf eine Luftmatratze und ließ mich schlafend durch den Swimmingpool treiben, mit den Füßen durch das angenehme, kühle Wasser gleitend. Dabei umrundete ich ständig die Insel - weil mein Swimmingpool dreimal so groß wie die Insel war, befand sich das Eiland jetzt in der Mitte von meinem zugegebenermaßen etwas zu groß geratenen Planschbecken.

Wegen der brütenden Sonne hatte ich einen Teil des Schwimmbeckens mit einem Blechdach überbaut. Ich hatte kaum eine halbe Stunde geschlafen, als mich ein entsetzlicher Schmerz, wie ein Messerstich, aus den Träumen riss. Als ich die Augen aufschlug, bemerkte ich ein riesiges Krokodil, das an meinem Fuß ging. Jetzt wissen Sie auch, wo mein zweiter Zeh geblieben ist. Eigentlich müsste ich dem Krokodil dankbar sein.

Weil Sie sich an einem Zeh weniger die Nägel schneiden müssen? Weil Sie ein Stück weniger von sich in der Badewanne waschen mussten. Und sich deshalb zwanzig Sekunden weniger mühsam bücken mussten? Ich meine zum Waschen der Füße? Weil Sie....

Nun lassen Sie mal gut sein, unterbrach Schwarzbart den Affen. Ich wasche mir gern die Füße. Jedes entfernte Staubkorn ruft mir sofort in Erinnerung, an welcher Stelle es an meinem Fuß hängengeblieben ist. Beim Füßewaschen kann ich noch einmal meine gesamte Tagesreise *Revue* passieren lassen.

Wir waren beim Krokodil, nicht bei meinen Füßen, höchstens bei einem Zeh, steckengeblieben. Schwerfällig richtete ich mich auf - mein Körper musste sich erst einmal daran gewöhnen, auf einem Zeh weniger zu stehen - und drückte meine Hände dem Ungeheuer in die Augen. Für einen Moment war es so irritiert, dass es meinen Fuß freigab. Wie eine Tarantel flüchtete ich, das Krokodil dicht auf meinen Fersen. So erreichte ich eine Säule, die im Wasser stand und das Dach über dem Swimmingpool abstützte. Schneller als ein wild gewordener Affe, verzeihen Sie den Vergleich, kletterte ich den spiegelglatten Pfahl hinauf. Das Krokodil folgte, offensichtlich war es durch meinen zweiten Zeh auf den Geschmack gekommen. Am Ende des Stützpfeilers gab es kein Weiterkommen mehr, ich stieß mit dem Kopf gegen das Blechdach, Es war unmöglich, ein Loch hineinzubrechen.

Was tun? Sie erinnern sich an den geschmolzenen Magneten, aus meinem früheren Abenteuer, die magnetische Masse war über meine Beine gelaufen und hatte sich bis in die Knochen gefressen.

Das war meine Rettung. Dank meiner magnetischen Füße konnte ich kopfüber an der Unterseite des Blechdaches entlanglaufen. Vor den Augen des erstaunten Krokodils rannte ich also kopfüber das Blechdach entlang, das zum Glück bis zu meinem Haus reichte. Ich war gerettet.

Und das Krokodil, fragte Mikado, was passierte mit dem Krokodil?

Schwarzbart fasste in seine Tasche und holte einen winzigen Beutel, nicht größer als ein Fingerhut, hervor. Er bestand aus Krokodilleder.

Ich hatte das Krokodil mit einem Gewehr betäubt und als es schlief, ein Stück Haut von seinem Schwanz abgeschnitten, schließlich hatte es auch von mir ein Stück abgebissen. Dann verfrachtete ich es noch auf mein Boot und habe es drei Tagesreisen entfernt auf einer abgelegenen Insel ausgesetzt.

Mikado schien die Geschichte nicht zu glauben. Er lief zum Tisch und kam mit einer Gabel zurück. Als ob es ein Versehen war, ließ er die Gabel vor Schwarzbarts Füße fallen. Sie sprang auf den Boden und von dort an die Füße des alten Kapitäns, wo sie wie angeklebt hängenblieb, angezogen durch die magnetischen Füße des alten Seefahrers.

Schwarzbart schüttelte den Kopf:

Können Sie mir erklären, wie ich jetzt meine Strümpfe und Schuhe anziehen soll? Wegen der Hitze stand er barfüßig auf den Holzplanken. Ich werde zum Nordpol fahren müsse, stöhnte er. Dort gibt es den einzigen Magneten, der stärker als mein Fußmagnet ist. Werde den Nordmagneten bitten, alle seine Anziehungskräfte auf meinen Fuß zu richten. Anders werde ich die Gabel nicht los.

Warum essen Sie nicht mit dem Fuß?, stichelte Mikado, die Gabel haben Sie bereits an der richtigen Stelle.

Danach flüchtete er in Raketentempo auf eine nahe Palme. Besser so. Schwarzbarts Gesicht hatte einen grimmigen Ausdruck angenommen und in seiner Hand hielt er plötzlich einen spitzen blankgeputzten Gegenstand, wie ihn die Messerwerfer im Zircus benutzten.

***

4
Der Gir(affe)

Als Schwarzbart vor die Hütte trat, sah er eine Giraffe anstatt des Affen Mikado.

Guten Tag, sagte die Giraffe, ich vertrete meinen Freund. Er ist beschäftigt. Ich soll mir Ihr neues Abenteuer anhören. Allerdings müssen Sie viel lauter sprechen als bei meinem Freund, weil meine Ohren viel höher liegen.

Mmhh, erwiderte Schwarzbart, da muss ich aber wirklich laut sprechen, damit mein Abenteuer oben bei ihren Ohren ankommt.

Das wäre sehr freundlich, nickte die Giraffe. Wenn es zu anstrengend wird, kann ich auch meinen Kopf ein wenig senken. Oder Sie steigen auf eine Leiter, so etwas besitzen Sie doch?, fragte die Giraffe.

Mmhh, sagte Schwarzbart ein zweites Mal und betrachtete das riesige Tier. Außerdem werde ich Ihnen wohl ein riesiges Abenteuer erzählen müssen, bei Ihrer Körpergröße.

Das wäre sehr, sehr freundlich, stimmte die Giraffe zu.

Wissen Sie, ich lebte einmal auf einer Insel, weit weg von der nächsten Stadt. Als Haustier hatte ich eine Fliege. Sie konnte alle möglichen Kunststücke und morgens brachte sie mir sogar die Zeitung ans Bett. Eines Tages stellte ich fest, dass mir das Futter für die Fliege ausgegangen war. Also beschloss ich, mit einem Boot in die nächste Stadt zu fahren. Leider besaß ich kein Boot und schwimmen dauerte zu lange, bis zu meiner Rückkehr würde meine Fliege verhungert sein. Auf der Insel war alles riesig. Die Bäume kratzten mit ihrer Spitze an die Wolken und trugen Kokosnüsse groß wie ein Boot. Also klopfte ich an einen Baum und bat ihn, mir eine Nuss zu schenken, die ich dann als Boot umbauen wollte.

Du musst mir vorher etwas zu trinken bringen, antwortete der Baum.

Dummerweise sagte ich ja, denn etwas zu trinken für diesen Riesenbaum bedeutete, dass ich ihm 1000 Wassereimer bringen musste.

Für den ersten Durst reicht es, sagte der Baum, nun geh' etwas zur Seite.

Er schüttelte sich und eine riesige Kokosnuss fiel auf die Erde. Doch wie sollte ich die Nuss aufbekommen? Ich rief einen Specht und bat ihn, ein Loch in die Nuss zu hacken. Er war einverstanden, allerdings müsste ich ihm etwas vom Inhalt der Kokosnuss versprechen.

Nachdem das Loch fertig war, kroch ich hinein. Zuerst schwamm und tauchte ich durch die herrlich süße Kokosnussmilch. Dann holte ich ein großes Stück vom Inneren der Nuss und gab es dem Specht. Jetzt brauchte ich nur noch ein zweites Loch, um ein Segel zu befestigen. Auch dafür gab ich ihm ein Stück, so groß wie eine Badewanne.

Ach so, Badewanne. Vor der Anstrengung nahm ich erst mal im Inneren der Kokosnuss ein Milchbad, ich hatte Ihnen davon erzählt, dass ich einmal gelesen hatte, das Baden in Kokosmilch macht einen unsterblich, und unglaublich schön. Dann steckte ich in eines der Löcher eine Banane als Segelmast und brachte ein Riesenblatt als Segel an.

Der Specht war so nett, und rollte mein Boot bis zum Strand, nun konnte meine Freiheit in der Kokosnuss beginnen. Gerade rechtzeitig kam ich mit den 3,5 g Fett für mein Haustier, der Fliege, zurück, bevor ihr allerletzter Vorrat aufgebraucht war. Ich hatte eine aufregende Fahrt hinter mir, turmhohe weiße Milchwellen türmte ein Orkan über meinem Boot zusammen. Zum Glück besaß ich eine Art U-Boot, denn ich hatte die beiden Hälften der Kokosnuss nicht getrennt und nur die beiden vom Specht hineingehackten Löcher belassen, aus denen ich bei gutem Wetter meinen Kopf nach draußen steckte.

Entschuldigung, unterbrach die Giraffe, besitzen Sie das Boot noch?

Schwarzbart nickte.

Darf ich dann das Segel zum Nachtisch haben?

Das Segel? Ach ja Sie meinen das große Blatt. Selbstverständlich. Und den Segelmast können Sie Mikado zum Frühstück mitnehmen.

Das wäre sehr freundlich, nickte die Giraffe ein drittes Mal.

Das Abenteuer hatte sich gelohnt, sie bekam das Segel des Bootes, ein Blatt so groß wie ein Schulgebäude, und konnte davon einen Monat genüsslich leben, ohne auf mühselige Futtersuche gehen zu müssen. Das sparte der Giraffe Zeit, und Schwarzbart schlug ihr vor, diese Zeit zum Schlafen und Träumen zu benutzen, vom Affen wisse er, dass man nach seinen Abenteuern immer am besten schlafen könne und die spannendsten Abenteuer erlebte, ohne aufwachen zu müssen.

***

5
Passendes Schuhzeug

Sie kennen mein 14. Abenteuer noch nicht? Schwarzbart starrte auf seine Füße, ohne aufzublicken. Er hörte kaum, wie Mikado die Frage mit einem kurzen Nein beantwortete. Irgendwie nahm er das Nein aber doch im Unterbewusstsein war. Er lief in die Hütte, blieb mehrere Minuten verschwunden, Mikado machte sich schon Gedanken, als Schwarzbart endlich herausstolziert kam. Er stellte sich wieder auf die alte Stelle und starrte wie vorhin unentwegt auf seine Füße.

Was haben Sie?, fragte Mikado besorgt.

Schauen Sie doch selbst, erwiderte Schwarzbart, seine Blicke wandten sich nicht von den eigenen Füßen ab.

Der Affe sprang vor und fixierte Schwarzbarts Füße.

Unglaublich, das hätte er von dem alten Kapitän nie gedacht, unglaublich, unfassbar.

Wie kommt das?, fragte Mikado.

Vor vielen Jahren, ich war ein junger Mann, antwortete Schwarzbart, ohne von seinen Füßen aufzublicken, war ich auf einer Party eingeladen. Es wurde spät, jeder war müde, naja, vielleicht waren wir auch etwas beschwipst, ich zog meine Jacke aus und schlüpfte in die

Schuhe, wir mussten eigentlich barfuß tanzen, damit es den Mädchen nicht weh tat, wenn wir ihnen auf die Füße traten. Erst am nächsten Tag merkte ich das Missgeschick, die Verwechslung. Ich hatte versehentlich genau solche Schuhe angezogen, wie Sie sie jetzt sehen, hochhackige Stöckelschuhe und wusste nicht einmal, welchem Mädchen sie gehörten.

Aus Spaß zog ich sie noch einmal über, da geschah etwas Seltsames. Die Schuhe setzten sich plötzlich in Bewegung. Gegen meinen Willen nahmen sie einen ganz bestimmten Weg. Ich versuchte zu stoppen, sie liefen weiter, ich wollte nach rechts, die Schuhe liefen nach links, ich wollte kehrt machen, sie liefen weiter geradeaus. Nach einer Weile standen wir vor einem hübschen Haus. An der Gartenpforte stand ein schönes Mädchen. Sie sah nur auf meine Füße und sagte, das wurde auch Zeit.

Sie gab mir eine schallende Ohrfeige, die Schuhe sprangen wie von Geisterhand von meinen auf ihre Füße und das Mädchen verschwand.

Erst Jahre später kam mir die Geschichte wieder in den Sinn. Auf meinen Seefahrten lernte ich viele Freunde kennen. Es war sehr schwer, sich nach Jahren zu erinnern, wo sie in den großen Städten lebten. Stellen Sie sich einmal vor, Sie lernen einen Freund in New York kennen und versuchen, nach zehn Jahren seine Adresse wiederzufinden ohne Stadtplan; alles hat sich sowieso verändert, vielleicht hat er eine neue Wohnung.

Die Geschichte brachte mich auf die Lösung. Fortan ließ ich mir von jedem Freund zum Abschied ein paar seiner Schuhe schenken. Ich schrieb den Namen der Stadt und des Freundes an die Schuhe und verwahrte sie an in einem großen Raum meines Schiffes. Bald hatte ich eine Sammlung von 300 Schuhen.

Kehrte ich nach Jahren in eine Stadt zurück suchte ich mir nur die Schuhe des Freundes heraus, der hier lebte und zog sie an. Wie von Geisterhand wurde ich jedes Mal von den Schuhen zu meinem Freund geführt, egal, ob ich mich hier noch an den Weg erinnerte, egal, ob er woanders wohnte, egal, ob sich viel in der Stadt verändert hatte, es funktionierte immer, in jeder Stadt dieser Welt.

Das ist längst nicht alles, lieber Mikado. Bei einem Landgang in Spanien begrüßte mich der Gouverneur im Auftrag des spanischen Königs und lud mich zu einem Besuch des berühmten Nationalmuseums ein. Dankbar nahm ich an.

In einer Abteilung des Museums war eine Ausstellung von allen Utensilien, die man den gefährlichsten Piraten abgenommen hatte, darunter auch die Uniform von El Pierro, den gefürchtetsten Piraten aller spanischen Sümpfe und Zeiten. Er hatte vor vielen Jahren die königlich-spanische Flotte, vollbeladen mit dem Inka-Gold aus Amerika, überfallen, die Seeleute den Haien zum Fraß vorgeworfen und alle Schätze geraubt. Seitdem war er spurlos verschwunden. Niemand wusste, ob er noch lebte oder bereits tot war, was aber noch wichtiger war, dort wo El Pierro war, egal ob tot oder lebendig, kurz gesagt, dort musste sich auch der geraubte sagenhafte Schatz befinden.

10%, sagte ich zum Gouverneur, versprechen Sie mir 10% des Schatzes und ich bringe Sie zu El Pierro.

Er willigte ein.

Ich bat um die Schuhe des Piraten, die neben der Uniform ausgestellt waren. Der Gouverneur verstand meine Bitte nicht, willigte aber ein. Kaum hatte ich die Schuhe übergezogen, setzten sich meine Füße von selbst in Bewegung.

Der Gouverneur und eine Armee von Soldaten folgten wir. Meine Füße führten mich aus der Stadt heraus, zu den schneebedeckten Bergen, Tage wanderten wir ohne Rast.

Wir wollten schon verzweifelt aufgeben, als ich im Morgengrauen einen entsetzlichen Schrei hörte. Der Gouverneur war etwas vorweg gelaufen und in eine mit Ästen verdeckte Grube gestürzt. Schnell erkannten wir, dass es sich um den Eingang einer Grotte handelte. Da war auch ich beim Weiterlaufen in das nächste Loch gestürzt. Mühsam sammelten wir uns und betraten das dunkle Gewölbe. 100 Meter liefen wir im funzeligen Kerzenlicht, als wir auf einen riesigen unterirdischen Saal stießen. In der Mitte stand ein kostbarer Stuhl, auf dem Stuhl ein menschliches Skelett, vermutlich die Reste des gefürchteten El Pierro. Kreuzförmig lagen mindestens 50 weitere Skelette um ihn herum, alle hielten ein Schwert in der Hand, vermutlich waren es die Gefolgsleute des Piratenhauptmanns.

Schwarzbart unterbrach.

Nein, tun Sie es nicht!, schrie Mikado.

Schwarzbart blickte den Bananenbaum hoch. An der Spitze hing eine goldglänzende Staude mit honigsüßen Bananen, Mikado hatte sie für einen besonderen Anlass aufbewahrt. Und nun hatte sie Schwarzbart entdeckt. Mikado konnte sich denken, was geschehen würde, er war aber nicht schnell genug, um zu reagieren. Schwarzbart stürzte sich auf den Affen, zog ihm die Schuhe aus und streifte sie sich selbst über, nachdem er seine eigenen seltsamen stöckelartigen Schuhe fortgeschleudert hatte. Ein Schuh bohrte sich wie ein spitzer Dolch in den Segelmast des alten Bootes. Im nächsten Augenblick trugen die Affenschuhe den alten Kapitän in Windeseile auf den Bananenbaum. Mikado blieb auf der Erde zurück, ihm blieb nur zuzuschauen, wie Schwarzbart eine Banane nach der anderen genüsslich verspeiste. Nach einer Weile machte Schwarzbart eine kurze Pause, denn er musste warten, dass die aufgegessen Bananen ein wenig weiter nach unten rutschten und neuen Platz schufen. Das dauerte eine Weile und der alte Kapitän begann, immer heftiger zu gähnen.

Gerne würde ich Ihnen noch erzählen, dass dies die größte Bananenstaude der Welt war, die je von einem... pro Sekunde .... abgebrochen...

Die Worte wurden langsamer, der Kapitän schien eingeschlafen. Er würde die Geschichte vielleicht beim nächsten Mal zu Ende erzählen, vielleicht, niemand konnte es wissen; vielleicht der Kapitän selbst, aber nur vielleicht, wir wissen es nicht, an diesem Abend haben wir es nicht erfahren, weil der alte Seebär einfach pssssch... eingeschlafen psssssch ....war.

***

6
Der sprechende Motor hinter dem gekürzten Berg

*W*issen Sie, sagte Schwarzbart, wissen Sie, wie es ist, fährt man ein Jahr lang nicht zur See? Schlimmer als eine Woche nicht zu essen, schlimmer, als einen Monat mit niemandem zu sprechen, schlimmer, als fünf Stunden nicht zu atmen, schlimmer, als einen Sommertag ohne italienisches Eis, schlimmer, als eine Hochzeit ohne Braut, schlimmer, als…

Mm. Mm. Mikado räusperte sich. Aber bestimmt nicht schlimmer, als Ihnen noch drei Minuten zuzuhören. Ich glaube, Sie haben einen Sprung in ihrer Platte, ich meine, in Ihren Gedanken.

Ich, einen Sprung, was fällt Ihnen ein. Ich kenne so viele Wörter, dass ich es nicht nötig habe, ein einziges Wort in meinem Leben zu wiederholen. Ich habe so viele Geschichten erlebt, dass ich kein Abenteuer doppelt durchgemacht habe. Soll ich Ihnen mal zeigen, wie es ist, wenn ich einen Sprung in meiner Gedankenplatte habe?

Soll ich es Ihnen mal zeigen?

Soll ich es Ihnen mal zeigen? So l l i c h es Ihnen m a l zei gen ? Soll ich es Ihhhhhnen mallllllll zeigen? Solllllll

ichhhhhh   essssss   Ihneeeennnn maLLLL
zeigen?

Stopp, schrie Mikado, alle Bananen dieser
Welt pflücke ich Ihnen höchst persönlich! Nur
um alles in der Welt, hören Sie auf.
Schwarzbart lächelte.

Wissen Sie, sagte er, wissen Sie, vor Jahren
fuhr ich mit meinem Boot auf einem Fluss, den
ich schon lange bereisen wollte. Denn dieser
Fluss floss einen 5000 m hohen Berg hoch,
stürzte sich später einen 3000 m tiefen
Wasserfall hinunter, brauste durch einen 10
km langen Bergtunnel, in dem sämtliche
Gespenster dieser Erde hausen, floss durch
einen Termitenhügel, wo Ameisen so groß wie
meine Hand lebten, strömte über eine 20 km
lange Brücke, die über das Meer führte,
schlängelte sich durch einen riesigen Sumpf-
Fladen, wo die Krokodile zu hunderten
übereinanderlagen, weil es zu viele gab, floss
weiter über eine 10 km lange Eisenbahn-
schienenstrecke, um danach als Fluss in einem
riesigen Schiff zu verschwinden, das ihn bis
zum Ende der Welt mitnahm, um von dort in
ein Flugzeug hineinzufließen, das den Fluss zu
seinem Anfang zurückbrachte.

Anfangs war alles sehr spannend, bald stellte
ich jedoch fest, dass ich hereingelegt worden
war. Der Berg, den der Fluss hochfloss, war
nur 4999,99 m hoch. Stellen Sie sich das vor, es

fehlte ein Zentimeter von der versprochenen Reise, der Wasserfall war 2999,999 m tief, es fehlte ein ganzer Millimeter, und so ging es weiter. Aber es war kein Problem, jedenfalls kein Problem ohne Lösung. Das einzige Problem, das ich kenne, ich meine, das einzige Problem ohne eine Lösung ist, etwas zu essen, ohne Hände, Mund, Zunge und was dazu gehört, zu bewegen. Essen ohne zu arbeiten-, ist es nicht eine herrliche Vorstellung? Das andere war kein Problem.

Ich fuhr ein zweites Mal den Berg hinab, hob ihn in die Höhe, schob schnell mit meinen Füßen etwas Erde unter den Berg, genau so viel, dass er wieder 5000 m hoch war. Leider war dadurch der Wasserfall 9 mm zu lang geworden, sodass ich exakt 9 mm aus dem Wasserfall hinausschneiden musste. Das war schon schwieriger, leider schnitt ich 11 mm heraus, so das der Wasserfall auf einmal 2 mm zu kurz geworden war. Da blieben mir nur zwei Möglichkeiten, entweder mich unten an den Wasserfall heranhängen, bis er sich um 2 mm gedehnt hatte oder noch einmal den Berg hochfahren und oben so viel in den Wasserfall hineinspucken, bis er um 2 mm aufgefüllt war. Ersparen Sie mir zu erzählen, wozu ich mich entschieden hatte, jedenfalls war danach mein Mund verdammt trocken, mein ganzer Körper fühlte sich an wie getrocknetes Dörrobst.

Beim vielen Spucken, naja, nun habe ich es Ihnen doch verraten, wuchsen meine Kaumuskeln wie ein Bizeps an. Immer, wenn ich auf etwas biss, sprangen zwei gewaltige Kaumuskeln hervor und jeder, der mich sah, nahm erschrocken Reißaus. Mit diesen Kaumuskeln konnte ich sogar die alte Lusitannia einen Kilometer über Land hinter mich herziehen und gleichzeitig am Steuer sitzen bleiben; oder aus einem Granitfelsen ein Stück Stein wie aus einem Kuchen herausbeißen. Ich überlegte schon, ob ich nächstes Weihnachten als Nussknacker-maschine in einer Walnussfabrik arbeiten sollte oder der Schweiz anbieten würde, einen zweiten Tunnel durch den Gotthardberg herauszubrechen. Naja, jedenfalls ist es gefährlich, zu oft dieselbe Bewegung mit einem Muskel zu machen, oder würden Sie gerne mit zwei fußballgroßen Kaumuskeln im Gesicht herumlaufen?

Deshalb entwickelte ich einen Muskelrepetier-antriebsaggregatmotor. Keine Angst, das verstehen selbst Sie, ein kleiner Motor, der einen Muskel dazu bringt, immer dieselbe Bewegung auszuführen, ohne dass der Muskel größer wird.

Ich habe ihn zufällig in meiner Tasche, ich meine den Muskelrepetierantriebsaggregat-motor. Zeigen werde ich es Ihnen, wie er funktioniert.

Sagen wir mal, ich möchte immer dasselbe Wort sprechen. Ich stelle also den Motor auf ein bestimmtes Wort oder einen Satz ein und stecke ihn mir unter die Zunge. Genauso!
Dabei legte Schwarzbart das kleine Teil unter seine breite Zunge.

Ich grüße Sie werter Mikado; ich grüße Vieh, werter Mikado; verschwinden Sie, werter Mikado. Ich verschwinde Sie, wertloser Mikado; Sie grüßen sich, wertlos Herr Mikado; ich gieße, weiter mit Kato; ich grütze wertlose Mikados…

Naja, Schwarzbart holte den kleinen Motor wieder heraus, noch nicht ganz perfekt, aber ein solider Muskelzungenrepetierantriebs-aggregatmotor, ich kann die schönsten oder schlimmsten Dinge sagen, ohne dass ich dafür verantwortlich gemacht werden kann.

Viel könnte ich Sie noch beleidigen, pardon, ich meine, viel könnte ich Ihnen noch erzählen, doch davon später, ein anderes Mal, später, wir werden sehen, vielleicht später, vielleicht, später vielleicht, und dann, vielleicht sogar mit dem Muskelzungenrepetierantriebs-aggregatmotor; das hätte den Vorteil, Sie könnten schlafen, ich könnte schlafen und die Geschichte wird trotzdem erzählt, nur der Muskelzungen-repetierantriebsaggregatmotor könnte nicht schlafen, nun gut, die Zunge könnte auch nicht schlafen, oder doch?

Vielleicht ist es für meine Zunge wie Ausruhen, wenn sie vom Muskelzungenrepetierantriebsaggregatmotor und nicht von meinen Gedanken angetrieben wird, ich werde sie nachher fragen, aber lassen wir das für später, f üü rrr s pp äää tttt eeee rrrrrr.

***

7
Heilendes Schleimblattfieber

Sie kennen mein neuntes Abenteuer noch nicht?, fragte Schwarzbart.

Der Affe Mikado schüttelte den Kopf.

Ich kenne es nicht und will es auch nicht kennen lernen.

Sie sollten es kennenlernen, sagte Schwarzbart, vielleicht kommen Sie einmal in eine ähnliche Situation.

Ohne weitere Widerrede setzte der alte Seekapitän seine Rede fort.

Also ich fuhr mit meinem Segelschiff in ein fremdes Land, das ich nie zuvor gesehen hatte. Mein Proviant war aufgebraucht und so musste ich essen, was mir angeboten wurde. Ich möchte diese Dinge lieber nicht beschreiben. Am nächsten Tag hatte ich furchtbare Bauchschmerzen und hohes Fieber, 75°. 75°, so heiß ist es nicht einmal im Urwald, wenn die Mittagssonne auf die Erde niederknallt.

Die Sonne war ein Kühlschrank im Vergleich zu meinem Kopf. Auf meinem Kopf hätten Sie Spiegeleier braten können.

Niemand konnte mir helfen und ich war darauf gefasst, dass das Fieber mich verbrennen würde, wenn es weiter steigt. Meine Haare fingen schon an zu schmoren und ein unangenehmer Geruch von verbranntem Gummi breitete sich in der Hütte aus. Meine Augen waren nicht mehr blau wie vom lange befahrenen Meer – bei meiner Geburt hatte ich braune Augen, aber vom vielen Fahren über das Wasser wurden sie mit der Zeit wasserblau – also meine Augen wurden plötzlich glutrot, als wenn direkt hinter ihnen das Fieber gekocht wurde.

Da fiel mir eine Pflanze ein, die ich auf den Weg zur Küste entdeckt hatte. Ich musste sie haben, denn ich erinnerte mich an ihre heilende Wirkung. Doch ich konnte nicht laufen. Zum Glück stand meine Hütte auf einem kleinen Berg, so kroch ich aus meinem Bett und ließ mich den Hügel hinabrollen.

Am Ende des Hügels sah ich die Pflanze, aber sie stand auf einer Anhöhe.

Wie sollte ich hochkommen? Der Schwung vom Hinweg reichte nicht, weiter die kleine Anhöhe hochzurollen.

Zum Glück kam eine Schnecke des Weges und ich fragte, ob ich mich an sie dranhängen dürfe.

Ja, sagte die Schnecke, aber dann bin ich noch langsamer.

In drei Sekunden waren wir auf der Anhöhe. Sie werden fragen, wie wir es in so kurzer Zeit geschafft haben. Ich schlug der Schnecke vor, verkehrt herum hoch zu kriechen. Das hatte zur Folge, dass sich die Schleimspur der Schnecke nicht hinter ihr, sondern vor ihr befand und wir gewissermaßen auf ihrer Schleimspur die Anhöhe emporschleuderten.

Das ging rasend schnell. Und da die Sonne an diesem Tag nicht so heiß schien, war die Schleimspur noch eine Weile vorhanden und ich konnte auf der Schleimspur nachher die Anhöhe wieder hinabrodeln wie auf einem Schlitten.

Aber lassen wir das, ich war gerade auf der Anhöhe angekommen und ließ die Schnecke los. Das Fieber war um 1° gestiegen und ich hatte schreckliche Albträume, seltsame Wahnfantasien. Hastig biss ich in die Pflanze, als ich ein schreckliches Brennen auf meiner Stimme bemerkte. Ich hatte in meinem Fieberwahn in einen Kaktus gebissen und meine Zunge war gespickt mit spitzen Stacheln. Meine Zunge war zu einem Igel geworden, ich hätte wie ein Igel sprechen können, wenn es nicht so schmerzhaft gewesen wäre.

Zum Glück kam eine Kompanie Ameisen vorbei und ich bat sie, mir mit ihren Greifern die Stacheln zu entfernen. Sie halfen mir, meine Rettung, und brachten mir sogar ein Stück von der Heilpflanze. Die Blätter der Heilpflanze zerbissen sie in kleine Stücke und steckten in jedes Loch, das die Kaktusstacheln in meiner Zunge hinterlassen hatten, ein Stück vom Blatt der Heilpflanze.

Sofort war meine Zunge geheilt. Das war das wichtigste, ich konnte jetzt wieder alle Wörter sprechen, auch die Wörter Kühlschrank, Schneeball, Winter, Eiskristalle, alles Wörter, die ich mit meinem hohen Fieber nicht auszusprechen vermochte. Bald war auch das Fieber verschwunden.

Seitdem trage ich immer ein Blatt von dieser wundersamen Pflanze in meiner Tasche; wenn ich nur leichte Temperaturen habe, reicht es, an dieses Blatt zu denken. Ist das Fieber etwas höher, reicht es, an diesem Blatt zu riechen. Wird das Fieber noch höher, dann muss ich mir allerdings ein Stück von diesem Blatt in den Mund stecken.

Sie haben recht, sagte der Affe, die Geschichte könnte mir helfen. Können Sie mir ein Stück des Blattes geben?

Es würde bei ihnen nicht helfen, erwiderte Schwarzbart etwas verlegen. Es hilft nur bei alten Seekapitänen.

Aber wenigstens zeigen könnten Sie es mir, bat der Affe, wenigstens zeigen.

Später, sagte Schwarzbart, vielleicht später. Denn ich vergaß zu erzählen, dass auf dem ersten Spaziergang, nachdem ich mich wieder erholt hatte, eine kleine Spitzmaus unter mein Hosenbein gekrochen war. Sie hat ein kleines

Loch in meine Hosentasche gebissen, aus diesem ist das wertvolle Blatt der Heilpflanze herausgefallen. Es dauerte eine halbe Stunde, bis ich den schmerzhaften Verlust gemerkt habe. Sofort habe ich umgedreht und die Riechsuche aufgenommen.

Aber davon später, ein anderes Mal, vielleicht später, wir werden sehen. Denn das erste, was ich auf dieser seltsamen Riechsuche erlebt habe, war, dass ich die kleine Spitzmaus gesehen hatte. Sie muss ein kleines Stück von dem verloren gegangenen Blatt abgebissen haben und fing an, mit jeder Sekunde ihre Größe zu verdoppeln. Als ich das feststellte, beschloss ich, so schnell wie möglich das Weite zu suchen, einer Maus mit einer derartig großen Verdoppelungsrate zu begegnen schien mir nicht ratsam.

Aber davon später, vielleicht beim nächsten Mal, es ist eine andere Geschichte, später, vielleicht, wir werden sehen.

***

8
Das schwebende Boot

Da fällt mir die Geschichte mit der alten Lusitan ia ein, als ich es einmal besonders eilig hatte. Wundern Sie sich nicht über den Namen meines Bootes, aber auf meiner letzten Fahrt hatte ich einen Eisberg gerammt, der mit seiner messerscharfen Spitze einen Buchstaben meiner Lusitannia abgekratzt hat. Irgendwann werde ich an diese Stelle zurückkehren und nach dem verlorengegangenen „n" suchen, damals blieb nicht die Zeit, nicht die Zeit zum Suchen oder gar gegen den Eisberg um das „n" zu kämpfen. Ich dachte mir, der Eisberg wird bald in der warmen Sonne schmelzen, das „n" in das Meer fallen und wenn ich zurückkam, musste ich nur den verlorenen gegangenen Buchstaben suchen. Falls ihn nicht ein lesehungriger Fisch aufgefressen hatte. Aber Fische können nicht sprechen, warum sollen sie dann lesen oder gar Buchstaben fressen. Buchstaben essen ist viel leichter als lesen. Ich verstehe bis heute nicht, warum die Bücher nicht aus Zuckerpapier hergestellt werden. Man isst einfach ein Buch und nach ein paar Minuten werden die Buchstaben vom Blut zum Gehirn gebracht und schon steckt das gesamte Buch in ihrem Kopf, ohne mühsames Lesen.

Aber lassen wir das. Wo war ich stehen geblieben?

Ach ja, ich war gerade am anderen Ende der Welt und musste innerhalb einer Stunde nach Hause zurück, mit Boot natürlich. Das Wasser war mein Feind. Natürlich benötigte ich es. Wer mit einem Schiff fährt, braucht Wasser. Aber gerade das Wasser bremste auch mein Boot. Konnte ich es erreichen, dass mein Boot, sagen wir mal 20 Zentimeter über der Wasseroberfläche fuhr - dann hätte ich nicht mehr den Widerstand der Wellen und könnte raketenmäßig nach Hause düsen.

Aufmerksam betrachtete ich mein Schiff. Der Rumpf ragte 10 Zentimeter unter die Wasser-oberfläche, wenn der Wasserspiegel um 30 Zentimeter sinken würde, könnte ich genau 20 Zentimeter über den Wellen hinweggleiten. Natürlich! Ich musste den Wasserspiegel senken. Sofort rammte ich einen Stock in den Meeresbodensand und setzte eine Markierung 30 Zentimeter unterhalb der Wasserlinie. Danach fing ich an, dass Meer auszuschöpfen. Es dauerte lange, ich glaube sechs Stunden Wassereimertragen, aber endlich hatte ich den Meeresspiegel um 30 Zentimeter gesenkt.

Doch mein Boot. Es tauchte noch immer 10 Zentimeter tief im Wasser ein. Erschöpft wankte ich in meine Kajüte und ließ mich in meinen Schaukelstuhl fallen. Als erstes zündete ich mir meine Pfeife an, etwas Entspannung, nur wenige Augenblicke, wollte ich mir gönnen.

Da fiel mir auf, dass die Rauchkringel meiner Pfeife immer nach oben stiegen, bis an die Decke meiner Kajüte, wo sie im dunklen Holz des alten Bootes verschwanden. Das war die umgekehrte Erfindung von einem sehr bekannten Mann, der nur dadurch berühmt geworden war, weil er unter einem Apfelbaum lag und ihm ein Apfel auf den Kopf fiel. Er wunderte sich einfach, warum der Apfel immer nach unten, nie nach oben fällt. Umgekehrt wie die Rauchkringel meiner Pfeife. Also müsste ich wenigstens umgekehrt berühmt werden, irgendwann vielleicht. Ich war der Erste dem auffiel, dass Rauchkringel immer nach oben steigen.

Und das war es! Ich kramte alle Luftballons zusammen und fing damit die Rauchwolken meiner Pfeife auf. Bald wurde ich selbst von den mit heißem Dampf gefüllten Ballons in die Luft gehoben und schwebte durch mein Boot. Die Ballons zogen mich durch den Kajütendschungel, zum Glück konnte ich mich gerade noch an der Decke festklammern.

Je eine Hälfte der Ballons befestigte ich am Bug und Heck des Schiffes und wie von Geisterhand erhob sich das Boot aus dem Wasser, so viel, dass es genau 20 Zentimeter über den Wellen schwebte. Mit den nächsten Windböen raste die alte Lusitan ia davon.

Wegen des verlorenen „n" hatte ich wassergens, Pardon ich meine übrigens, das erste sprechende Esel-Boot. Mein Schiff hieß jetzt Lusitan und stellte ich ihm eine Frage antwortete es mit „ia".

Wissen Sie, wie lange der Wind von einem Ende der Erde bis zu mir nach Hause braucht? Genau eine Stunde. Ich kam also auf die Minute pünktlich an. Auf dem Herd brutzelte mein Lieblingsessen, Bratkartoffeln, dünn wie Seide und knackig wie Chips, keine Sekunde später hätte ich zurückkommen dürfen, wegen der Bratkartoffeln. Aus Dank fütterte ich mit einem Teil der Schalen den Heizkessel der alten Lusitan, sie sollte nicht immer die olle dreckige Kohle zu fressen bekommen, und erholte mich von den Strapazen der Erdumrundung….

Die Banane, unterbrach Mikado, was passierte damit? Erinnern Sie sich? Beim letzten Mal. Oder davor. Ach, was weiß ich, bei Ihren vielen Geschichten kommt man völlig durcheinander. Sie sind mit einem Boot gefahren, das nichts anderes war als eine riesige Banane. Was haben Sie damit gemacht. Ich meine mit dem Rest des Bootes, mit dem Rest der Banane? Ich könnte den Rest entsorgen, damit er nicht irgendwo herumliegt. Also dieses Bananenboot meine ich, in das Sie sich sogar mit Ihrem großen Mund eine Kajüte hineingegessen haben.

Wissen Sie, antwortete Schwarzbart mit einem verträumten Bananenblick, kurz vor der Rückkehr, ich hatte fast alles aufgegessen…

Sie haben was?, eine Banane, doppelt so groß wie ihr Boot, haben sie ohne mich ausgelöffelt?

Ja, und es tut mir nicht einmal leid, stichelte Schwarzbart. Als ich am Boden die letzten Reste auskratzte, bohrte ich versehentlich ein Loch in die untere Restschale. Sekundenschnell sank die riesige Schale. Nur mit Mühe rettete ich mich auf eine nahe gelegene Insel, doch davon später, vielleicht, vielleicht ein anderes Mal, später, wir werden vielleicht sehen.

***

9
Das vergessene Abenteuer

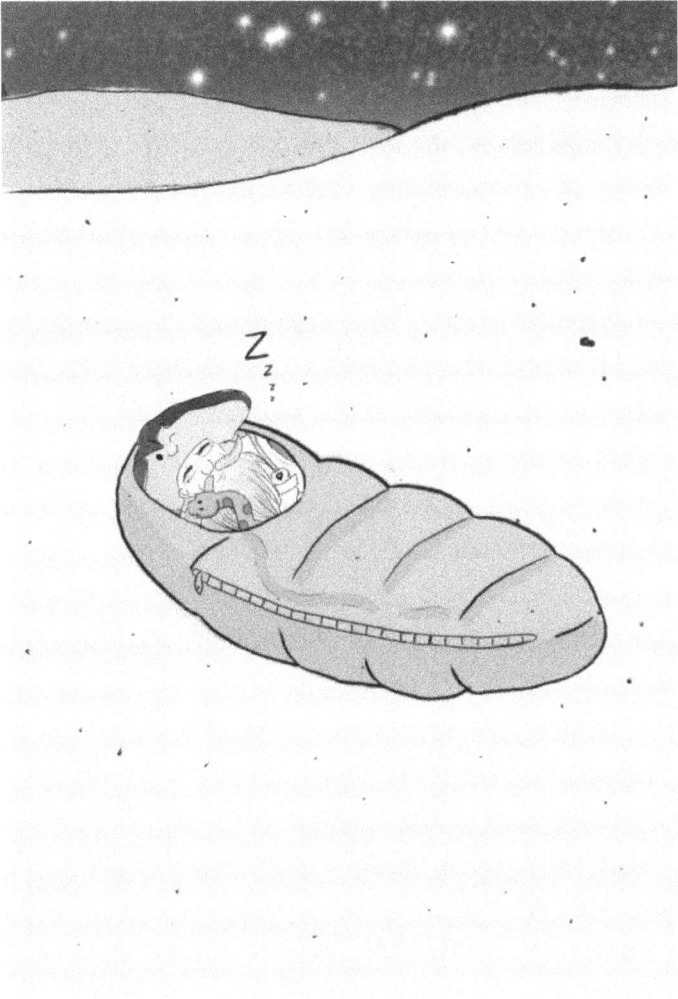

Schwarzbart betrat aufgeregt die Hütte, seine unruhigen Augen durchsuchten jeden Winkel des Raumes, bis sie endlich den Affen Mikado entdeckten.

Sie kennen mein fünftes Abenteuer?, fragte der alte Seebär.

Mikado nickte.

Sie haben es mir erst gestern erzählt. Wie kann ich es in dieser kurzen Zeit vergessen haben.

Schwarzbart umarmte den Affen, was er sonst nie tat.

Ein Glück, ein Glück, nein viele Glücke, tausend mal unendlich viele Glücke, stammelte er. Erzählen Sie, um alles in der Welt, erzählen Sie es mir.

Mikado sah den alten Kapitän ungläubig an. Er sollte Schwarzbart dessen eigenes fünftes Abenteuer erzählen?

Warum?, fragte Mikado ungläubig, warum soll ich Ihnen das fünfte Abenteuer erzählen. Sie kennen es viel besser als ich.

Ich habe es vergessen, erwiderte Schwarzbart resigniert. Seit drei Tagen versuche ich mich zu erinnern, es will mir einfach nicht einfallen.

Jetzt verstand Mikado und er erkannte die Gunst der Stunde.

Was ist Ihnen ihr fünftes Abenteuer wert?, fragte er mit einem spitzbübischen Lächeln.

Eine Banane, erwiderte Schwarzbart. Ich klettere auf den 30 m hohen Bananenbaum und hole Ihnen eine Banane herunter.

Sie wollen auf den Bananenbaum klettern? Trotz Ihres Alters, wiederholte Mikado. Wissen Sie überhaupt, welche gefährlichen Tiere auf einem Bananenbaum leben?
Schwarzbart schüttelte den Kopf.

Ich werde es Ihnen sagen: Vogelspinnen, größer als ihre Hand, Ratten, länger als ihr beiden Beine, getarnte Schlangen, die sich nicht von den Blättern unterscheiden lassen, Tiger, die im Versteck der Äste ihre Beute verzehren...

Genug, unterbrach Schwarzbart, es reicht. Schlagen Sie etwas anderes vor.

Gut, sagte Mikado, es war Ihr fünftes Abenteuer. Ich finde, nicht eine, sondern fünf Bananen, schließlich war es Ihr fünftes Abenteuer, fünf Bananen sind angemessen.
Mikado wollte sich offensichtlich nicht bewegen lassen, seinen Vorschlag aufzugeben. Schwarzbart überlegte. Was bewog mehr: das verloren gegangene fünfter Abenteuer oder die Gefahren in einem Bananenbaum?

Welche Tiere leben in den Bananenbaum?, fragte er Mikado, wiederholen Sie es bitte noch einmal, bevor ich mich entscheide.

Vogelspinnen, Ratten, Schlangen…

Schlangen, unterbrach Schwarzbart. Sagten Sie Schlangen?

Ja, glauben Sie mir nicht?

Doch, sagte Schwarzbart, ein breites Grinsen überzog sein Gesicht. Schlangen, wiederholte der alte Kapitän, das war es.

Beim Wort Schlangen war ihm sein fünftes Abenteuer wieder eingefallen. Mikado gefiel es gar nicht. Erstens konnte er jetzt die Belohnung von fünf Bananen abschreiben und zweitens musste er sich das fünfte Abenteuer noch einmal anhören.

… lag ich nachts in meinem Schlafsack, auf dem Wüstensack Sand…

Schwarzbart hatte längst begonnen, sein fünftes Abenteuer noch einmal zu erzählen. Mikado aber hockte verdrossen auf dem Boden und träumte von reifen Bananenstauden, die wie gelbe Diamanten in der Urwaldsonne glitzerten.

Am nächsten Morgen machte ich mich auf. In meinem Schlafsack war es wohlig warm, im Gegensatz zum Wüstenboden, der kalt wie ein Eisschrank war. Plötzlich bemerkte ich, wie sich etwas an der Fußspitze meines Schlafsacks bewegte. Meine Füße bewegten sich nicht, es musste etwas anderes sein. Ich spürte auf einmal, wie ein bewegliches Seil, wie eine Welle, in meinem

Schlafsack kroch und plötzlich schoss ein Schlangenkopf direkt neben meinem Gesicht ins Freie.

Mikado fiel ohnmächtig um, er hatte eine panische Angst vor Schlangen, doch Schwarzbart bemerkte es nicht.

Ich erkannte sofort, es war eine der kräftigsten Schlangen, die es gab. Ein winziger Tropfen ihres Giftes, konnte eine ganze Stadt auslöschen. Ich stellte mich tot, atmete nicht, bewegte meine Augen nicht, hörte sogar auf zu denken, Sie müssen wissen, Schlangen merken nämlich, ob jemand tot ist oder sich nur tot stellt daran, ob er heimlich weiterdenkt.

Und der Trick funktionierte. Die 30 m lange Schlange wand sich zentimeterweise aus meinem Schlafsack und verschwand in der Wüste. Länger hätte es auch nicht dauern dürfen. Länger hätte ich es nicht ausgehalten, nicht zu denken.

Erst jetzt bemerkte Schwarzbart, dass der Affe ohnmächtig am Boden lag. Der Kapitän lief nach draußen, er hatte eine schwache Blase, und pinkelte an einen Bananenbaum. Vom seltsamen Strahl getroffen schüttelte sich der Baum und fünf prächtige, gelbe Bananen fielen herunter. Schwarzbart verzehrte sie genüsslich und legte die Schalen vor den schlafenden Mikado.

Rache ist eben süßer als Zuckerhonigschokoladen-sahnekakaobonbons. Er würde dem Affen davon erzählen, später, vielleicht, nachdem der Affe wieder aufgewacht war, und wenn er ihm nicht glauben würde, zeigte er ihm die fünf goldenen, sonnengewärmten Bananenschalen.

Später, vielleicht, vielleicht eine Affenohnmacht später.

***

10
Der gespiegelte Geist

Wissen Sie, sagte Schwarzbart, die Seefahrt ist nicht ungefährlich. Sie können mit ihrem Boot gegen einen Baum fahren. Ich war in Gegenden, wo Bäume unter Wasser wachsen. Plötzlich tauchen sie auf, und sie fahren dagegen. Ein Schwarm fliegender Fische rauscht durch ihr Segel und plötzlich hängt kein Segel, sondern ein durchlöchertes Netz am Mast. Wie soll der Wind das Boot antreiben, wenn Netze und keine Segel am Mast flattern. Oder einige dieser fliegenden Fische verstecken sich am Bord, plündern heimlich die Vorratskammer. Es wäre für sie viel bequemer, als im Meer vor ihren Feinden zu fliehen und in der übrigen Zeit sich aufwendig ihr Mittagsessen selbst zusammensuchen zu müssen.

Es gibt schwarze Löcher im Wasser, wissen Sie, was schwarze Löcher sind? Sie werden unwiderstehlich angezogen und in ein schwarzes tiefes Loch, das nur aus Nichts besteht, hinabgerissen. Mir tun die schwarzen Löcher nichts, weil ich ein Namensvetter bin – schwarze Löcher, Schwarzbart, sie verstehen? Gleiches und Gleiches stößt sich ab, das ist bei schwarzen Dingen nicht anders als bei Magneten.

Übrigens: Im Wasser gibt es mehr Inseln als Sandkörner am Strand. Ich bin an Inseln vorbeigekommen, so klein, dass dort nicht einmal ein Streichholz geschweige denn der Fußabdruck eines Flohs Platz gehabt hätte. Andere Inseln habe ich gesehen, mit Bäumen dicht wie ein Rasen bewachsen, dort war es auf dem Erdboden selbst am Tage stockfinster, ich erkannte nur die leuchtenden Augen der Tiere, die sich zwischen den Ästen versteckt hielten, vielleicht waren es auch die glühenden Augen von Piraten, die auf ein unschuldiges Opfer warteten.

Vor sieben Jahren kam ich an einer Insel vorbei, die mich magisch anzog. Ohne es zu wollen, unterbrach ich meine Fahrt und ging an Land. Nach wenigen Metern wusste ich, warum. Auf dieser Insel hatte vor 300 Jahren der schlimmste Seeräuber aller Zeiten seine letzten Tage zugebracht. Erst wenige Schritte war ich gelaufen, ich kam mir irgendwie beobachtet, verfolgt vor. Vielleicht der Geist des verstorbenen Seeräubers. Die Sache konnte ungemütlich werden. Ich wusste von anderen, die diese Insel aufgesucht hatten, um den sagenumworbenen Schatz des Seeräubers zu suchen. Einige wurden kurz vor ihrem Ziel von einem furchtbaren Geist heimgesucht und von der Insel vertrieben.

Wer verfolgte mich? Es war ein Schatten, so viel spürte ich, offensichtlich ein kleiner Schatten. Mit den Augen ließ er sich nicht erkennen, aber ich wusste Rat.

Vor vielen Jahren hatte ich einen geheimnisvollen Spiegel auf einem Basar im Fernen Osten gekauft.

Wer dort hineinblickte, sah nicht sein Gesicht, sondern seinen Geist. Verstehen Sie, übrigens würde ich Ihnen nicht raten, in diesen Spiegel zu schauen. Lassen wir das. Jedenfalls musste sich der Schatten im Spiegel zu erkennen geben. Ich verlangsamte mein Tempo, drehte mich ruckartig blitzschnell um und hielt meinem Verfolger den Spiegel entgegen.

Was ich sah war zwar nicht angenehm, dafür aber ungefährlicher, als ich vermutet hatte. Ich sah den Geist eines Fisches, der mir in der Luft nachgefolgt war. Es muss ein Fisch gewesen sein, den ich einmal geangelt und... Sie wissen schon, Bratpfanne und so weiter.

Mikado rutschte unruhig bananenhin und bananenher.

Eine Banane?, fragte er, meinen Sie, eine Banane besitzt auch einen Geist?

Schwarzbart erkannte die Gunst der Stunde.

Natürlich, sagte er. Wissen Sie, vor einer Woche habe ich aus Langeweile eine Banane vor den Spiegel gehalten. Ich erzähle Ihnen lieber nicht, was ich sah. Vermutlich ist eine ganze Kompanie, Sie wissen schon, die Bananen, die Geister der Bananen und erst einmal die großen Geister eines Bananenbaums, ich nehme an, eine ganze Kompanie ist hinter Ihnen her. Soll ich einmal den Spiegel holen?

Mikado schüttelte den Kopf.

Übrigens, fuhr Schwarzbart fort, ich esse seitdem keine Fische mehr. Sie verstehen?

Lassen wir das, stotterte Mikado, die Insel, der schreckliche Pirat, dieser gewaltige Schatz, wie geht Ihr Abenteuer weiter?

Eine Woche lang habe ich die Insel umgegraben, vom Schatz keine Spur. Alles Mögliche holte ich aus der Erde, Schwerter, Knochen, Zähne, das weggeworfene Kostüm des ersten Weihnachtsmannes, aber der Schatz blieb verschwunden.

Erschöpft setzte ich mich unter einen Apfelsinenbaum. Nie zuvor hatte ich solch einen prächtigen Baum gesehen. Die Früchte hingen bis zum Boden. Ich konnte sie im Sitzen pflücken. Gierig biss ich hinein. Verflucht. So schmackhaft wie die Frucht war, so hart waren ihre Kerne. Beim ersten Biss verlor ich ein Stück meines vorletzten Zahnes. Apfelsinenwütend spukte ich den Kern aus.

Wundersam – in der Luft begann der Kern zu flimmern und glitzern, wie, tatsächlich wie ein Diamant. Ich wollte noch hinterherspringen, doch sah ich nur noch, wie der Kern auf den Boden fiel und in der Erde verschwand. Sie haben richtig gehört, er krabbelte fluchtartig in den Erdboden. Sofort begriff ich, was hier passiert. Hastig griff ich eine zweite Apfelsine. Als ich sie öffnete, fielen mir zwei goldene Ohrringe entgegen. In der nächsten steckte eine vollständige Perlenkette. Wieder eine andere war fast vollständig von einem Smaragd ausgefüllt.

Ich verstand. Der furchtbare Seeräuber musste hier seine letzten Stunden zugebracht haben. Hier hatte er seinen Schatz vergraben und wahrscheinlich auch achtlos Apfelsinenkerne herumgeworfen, aus denen dieser Baum gewachsen ist. Und der Baum hat sich vom vergrabenen Schatz ernährt, auf diese Weise sind die Goldstücke, Diamanten, Perlen, alle diese Kostbarkeiten, in die Apfelsinen gelangt. Natürlich musste ich beim Aufmachen der Apfelsinen vorsichtig sein, in einer von ihnen konnte das Überbleibsel des gefährlichen Seeräubers stecken, sollte sich sein Grab auch unter dem Baum befinden.

Den letzten Satz hörte Mikado nicht mehr. Er war längst in den nächsten Bananenbaum geklettert und brach in wilder Hast eine Banane nach der anderen auf.

Wenn der alte Kapitän recht hatte, steckte in einer dieser Früchte vielleicht ein wertvolles Goldstück oder eine seltene Perlenkette, vielleicht ein Smaragd.

Oder der Rest eines Tigers, rief Schwarzbart nach oben, der unter dem Bananenbaum begraben ist. Ich würde die Aktion abbrechen.

Mit diesen Worten verschwand Schwarzbart in seiner Hütte und betrachtete grübelnd sein Gesicht in dem seltsamen Spiegel. Er hätte trotz aller wundersamen Ahnung nicht gedacht, dass sein Inneres, sein Geist, so groß war und dazu so schön. Unglaublich, groß und schön war er, ein Held, ein griechischer Spiegelheld, ein gespiegelter Held. Es war unglaublich, dass sein so großer Geist überhaupt in ihn hineinpasste. Dazu hätte er mindestens dinosauriergroß sein müssen. Unglaublich. Und erstmal seine Schönheit. Dass soviel Schönheit auf sowenig Haut von ihm Platz hatte. Alles vielfach unglaublich. Die ganze Welt sollte ihn einmal in diesem Spiegel sehen, zumindest dieser zerzauste Affe, dessen Fell noch nie einen Kamm gesehen hatte und der deshalb keine zwei Fellhaare besaß, die wie bei ihm in unglaublicher Pracht absolut parallel standen und auf diese märchenhafte Weise das Sonnenlicht in doppelter Schönheit in diesem Spiegel brachen. Alles vielfach mehr als unglaublich spiegelschön, jedenfalls vielleicht unglaublich spiegelschön.

***

11
Das zauberste Abenteuer

Sie kennen mein zauberstes Abenteuer noch nicht?

Das wievielte Abenteuer meinen Sie?, wollte Mikado wissen.

Na mein zauberstes Abenteuer. Das ist die Zahl, die nach unendlich kommt. Verstehen Sie?, antwortete Schwarzbart.

Mikado schüttelte den Kopf.

Ich kenne es nicht, aber wenn es sein muss, erzählen Sie.

Es muss nicht sein, erwiderte Schwarzbart, ich könnte Ihnen auch auf Anhieb fünf Bäume, drei Ameisen, sieben Vögel oder dreizehn Käfer nennen, die sich darum reißen würden, eines meiner Abenteuer zu hören.

Dann gehen Sie doch zu einem Baum oder einen Käfer, sagte Mikado pikiert.

Wenn Sie meinen, aber das Abenteuer, ich meine mein zauberstes Abenteuer, handelt auch von Bananen.

Von Bananen?, fuhr Mikado hoch, dann erzählen Sie, aber schnell, wir haben keine Zeit zu verlieren.

Schwarzbart lächelte zufrieden. Mit Speck fängt man Mäuse und mit Bananen eben Affen.

Also, begann er sein zauberstes Abenteuer, ich fuhr wie immer mit meinem Boot. Plötzlich sah ich ein Schild, das in der Luft hing. Es war an einer Schnur befestigt und das andere Ende der Schnur endete einfach in der Luft, so hing das Schild vor der Nase meines Bootes.

„Zauberland, 300 m geradeaus, dann 361° nach rechts!" stand auf dem Schild. Neugierig nahm ich Kurs auf das Ziel und hatte bald eine wundersame Insel erreicht. Sie hing auch, allerdings verkehrt herum, in der Luft. Neugierig betrat ich die Insel. Ich war keine zwei Schritte gelaufen, da kam mir ein Elefant entgegen. Auf seinem Rücken wuchs ein Baum, Sie hören richtig, auf dem Rücken des Elefanten wuchs ein Baum. Ab und zu gab er mit seinem Rüssel dem Baum zu trinken, dafür pflückte er sich einige der seltsamen Früchte, die am Baum wuchsen. Er trug seine Küche also immer mit sich herum.

Ich sehe, Sie brauchen ein neues Boot, sagte der Elefant zu mir.

Er hatte recht, denn mein altes war von den vielen Abenteuern doch sehr ramponiert.

Brechen Sie einen Ast vom Baum auf meinem Rücken ab, befahl der Elefant, aber keinen Ast, an dem Früchte hängen, und werfen sie ihn ins Wasser.

Ich folgte seiner Aufforderung. Kaum hatte der Ast das Wasser berührt, verwandelte er sich in ein wunderschönes Boot, dreimal so groß wie mein altes, nur die Segel fehlten.

Ach so, Sie vermissen die Segel, bemerkte der Elefant, wahrscheinlich haben Sie einen Ast abgebrochen, auf dem keine Taube saß.

Er gab einen gewaltigen Trompetenstoß von sich und sofort kam eine Taube rückwärts angeflogen.

Reißen Sie eine von meinen Schwanzfedern raus, sagte die Taube und stecken Sie die Feder in das Boot.

Wieder tat ich, wie befohlen und die weiße Feder verwandelte sich in ein prächtiges Segel. Ich muss aber wohl trotzdem etwas traurig ausgesehen haben. Jedenfalls kam es der Taube so vor, sie konnte wahrscheinlich Gedanken lesen.

Ach so, Sie wollten einen Viermaster, stellte sie fest, naja, reißen Sie noch drei weitere Federn heraus, der Rest reicht für mich zum Fliegen.

Ich nahm das Angebot an, steckte die anderen drei Federn ins Boot, jede verwandelte sich in ein prächtiges Segel, ich besaß jetzt einen herrlichen Viermaster.

Hier, neben Sie noch diese halbe Feder, rief die Taube, die andere Hälfte ist bei einem etwas zu hektischen Landemanöver auf dem Kopf eines Krokodils abgebrochen. Ich brauche sie nicht mehr, ich bin keine Taube von halben Sachen. Auch dieser Federrest verwandelte sich zu einem Segel, jedoch nur zu einem halben, so wurde ich zum Kapitän des einzigen Viereinhalbmasters auf allen Gewässern dieser Erde.

Ein kleiner Käfer kam angelaufen. Er hatte sechs Füße und trug dabei neun spiegelglänzende Schuhe.

Ihre Schuhe sehen gar nicht gut aus, bemerkte er. Denken Sie nur, ihr Boot geht unter und sie müssen auf dem Meeresgrund bis zur nächsten Insel laufen. Da brauchen Sie doch neue Schuhe, am besten wasserdicht und mit Saugnäpfen an den Sohlen.

Er befahl mir zu folgen und bald hatten wir einen Gummibaum erreicht.

Erzählen Sie dem Baum die traurigste Geschichte, die sie kennen, sagte der Käfer.

Was war die traurigste Geschichte?, wollte der Affe wissen.

Sie handelte von einem kleinen Affen, der einen Tag durch den Urwald gestreift war, dabei 100 Bananenbäumen begegnet war, an keinem der vielen Bäume hing eine Banane, lediglich am letzten Baum, an der obersten Spitze fand sich noch eine goldgelbe Frucht. Und als der kleine Affe nach oben kletterte und nach der Banane griff, stellte er fest, dass es sich nur um eine Bananenschale gehandelt hatte, ein übler Scherz von einer wilden Affenhorde, die vorher durch den Urwald gestreift war und alle Bananen vertilgt hatte.

Hören Sie bitte auf, die Geschichte ist selbst für mich zu traurig sagte Mikado.

Als ich die traurigste Geschichte erzählt hatte begann der Baum zu weinen, bis sich eine große Gummipfütze an seinem Stamm gebildet hatte.

Stellen Sie Ihre Füße hinein!, befahl der Käfer. Kaum hatte ich meine Füße in die Gummipfütze gestellt, bildeten sich am linken Fuß zwei und am rechten Fuß drei wunderschöne wasser-dichte Schuhe.

Naja, mit fünf Schuhen zu laufen war anfangs nicht so einfach, aber man gewöhnt sich an alles und nachdem ich mich ausreichend gewöhnt hatte, kam ich sogar mehr als doppelt so schnell voran. Das war mein zauberstes Abenteuer.

Sie Schwindler!, rief Mikado, wo bleiben die Bananen? Sie haben mir ein Abenteuer mit Bananen versprochen.

Ach ja, fuhr Schwarzbart fort, das vergaß ich zu erzählen. Die Geschichte von dem kleinen Affen, die ich ihnen erzählt hatte, kann nicht gelten, weil alle Bananen bereits weggewesen waren. Hätte diese Affenbande wenigstens eine Banane an einem Baum vergessen, müsste ich jetzt nicht noch eine andere Geschichte erzählen. Aber denken wir nicht mehr daran, blicken wir bananenpositiv vorwärts. Auf der Insel wuchsen riesige Bohnen. Man brauchte sie nur zu pflücken und auf die gelbe Blüte einer Blume legen, sofort verwandelten sie sich in Bananen. Und wenn man eine einzelne Bohne auf eine rote Blüte legte, verwandelte sie sich in eine rote Banane und legte man Bohnen auf eine lilafarbene Blüte, verwandelten sie sich in lila Bananen.

Wo ist die Insel, fragte Mikado, eine lila Banane hatte er nämlich noch nie gegessen.

Also, Sie müssen fünf Minuten rückwärts mit 20 km/h laufen, dann graben Sie ein zwei Meter tiefes Loch und laufen zwei Minuten geradeaus unter der Erde weiter. Machen Sie dann halt, gehen Sie durch den nächsten Maulwurfhügel wieder nach oben, drehen Sie sich um 372,5° und laufen Sie mit einem halben D-Zug-Tempo noch zehn Minuten Richtung Polarstern. Dann müssten Sie das Zauberland erreichen.

Den letzten Satz hatte Mikado nicht mehr verstanden, er war längst abgedüst.

Und bringen Sie mir noch drei Taubenfedern mit, rief Schwarzbart hinterher, ich möchte lieber mit einem Siebeneinhalbmaster segeln. Nein, verbesserte sich Schwarzbart, bringen Sie mir bitte sechs Federn mit, ich möchte lieber auf einem Zehneinhalbaster segeln. Mein neues Boot heißt Lusitannia. Ich habe meinem neuen Schiff ein Segel für jeden Buchstaben seines Namens versprochen. Also sechs Federn auf jeden Fall und vielleicht noch zwei Ersatzfedern.

Wie viele Buchstaben den Affen noch erreichten, wusste Schwarzbart nicht, er konnte Mikados Gestalt nicht mehr erkennen, nur eine kleine Staubwolke, die durch den Urwald wirbelte.

***

12

Kostbare Erde, kostbarer als Gold

Wissen Sie, sagte Schwarzbart, viel bin ich herumgekommen, in meinem Leben und noch mehr nachts in meinen Träumen. Davon später. Vielleicht.

Vor einigen Jahren befuhr ich ein Meer, das ringsherum von Bergen umgeben war. Im Meer lagen tausende kleiner Inseln, so klein, dass kaum Platz zum Leben blieb. Manche klein genug, dass sie täglich gedreht wurden. Die Pflanzen wurden nicht gegossen, sondern die Insel einmal am Tag gewendet, die Pflanzen blieben zehn Minuten unter Wasser und hatten genug Feuchtigkeit für 24 Stunden. Wenn sie sich aus den Pflanzen Salat bereiteten, musste er nicht mehr gewürzt werden. Das Salz, die leckersten Gewürze, alles im Meer vorhanden, alles ging in die Pflanzen über, wurden sie ins salzige Wasser getaucht.

Die Menschen besaßen mehr Wasser als Land. Erde war das Kostbarste, wertvoller als Gold. Die Erde war so knapp, dass die Pflanzen sogar übereinander angebaut wurden. Auf den Bäumen wurde Kohl, Rüben, alles Mögliche, angebaut, ein Stockwerk darüber eine Rasenfläche zum Ausruhen, soweit man sehen konnte, wuchsen Pflanzen in mehreren Schichten übereinander.

Das Meer war still und glatt wie ein Spiegel. Deutlich erkannte ich eine dicke weiße Linie, die jemand mit Kreide auf das Wasser gezogen hatte. Bald erfuhr ich, dass an diesem Tag ein Wettrennen stattfinden sollte. Jeder versuchte, mit selbst gebauten Fahrzeugen auf dem Wasser 150 m am schnellsten zurückzulegen. Der Sieger würde zwei Tonnen Erde bekommen. Die konnte er sich am Ende seines Gartens ins Wasser kippen, um dem Meer ein neues Stückchen Land abzugewinnen. Neben der weißen Linie erkannte ich rote Linien, um jede Insel herum führte ein Kreis der roten Linie. Sie war eine auf dem Wasser markierte Grenze, ohne Erlaubnis war es niemandem einer anderen Insel erlaubt, die rote Linie einer fremden Insel zu überschreiten.

Aber lassen wir das, ich könnte auf meinen Reisen viel über Mauern erzählen, ich glaube, ich habe mehr verschiedene Mauern gesehen, als ich unterschiedlichen Pflanzen auf dieser Erde begegnet bin. Ich habe nie verstanden, warum Mauern gebaut werden. Kein Vogel, keine Ameise hält sich an eine Mauer. Niemand kann die Mauer mitnehmen, wenn er einmal stirbt, oder dann noch weiter auf sie aufpassen. Aber lassen wir das, ich wollte Ihnen von dem Wettrennen erzählen.

Ich sah die unglaublichen Gefährte. Jemand saß auf einem Stuhl, unten waren zwei gebogene Kufen aus Luftkissen angebracht.

Ein anderer saß auf seinem Mantel, mitten auf dem Wasser. Er hatte Tausende von kleinen Luftkugeln eingenäht, damit der Mantel nicht unterging. Ein dritter hockte auf einem riesigen Löffel, überall waren Luftballons befestigt, die den Löffel über Wasser hielten. Die Inselbewohner staunten beim Anblick meines Bootes. So etwas Verrücktes hätten sie noch nie gesehen. Jeder wollte wissen, wie ich auf die Idee gekommen bin, etwas derart Komisches zu bauen, um damit auf dem Wasser zu fahren.

Sie überredeten mich, am Wettrennen teilzunehmen. Wahrscheinlich rechneten sie sowieso nicht damit, dass ich eine Chance mit meinem seltsamen Wassergefährt hatte.

Als Start wurde ein mit Erde gefüllter Ballon ins Wasser geworfen. Es entstand eine große Welle, die die Wassermobile nach vorn trieb. Zum Entsetzen der Einheimischen erreichte ich als Erster das Ziel. Man führte mich auf eine kleine Anhöhe, setzte mich auf einen Stuhl, davor lagen zwei kleine Sandhaufen. Dann erschienen viele hübsche Frauen und fingen an, mit kleinen goldenen tellerartigen Löffeln die kostbare Erde in zwei Fässer zu füllen, ich hatte ja zwei Fässer Erde gewonnen. Ich wollte ablehnen, was sollte ich mit zwei Fässern Erde auf meinem Boot und sagte, ich wäre auch mit den kleinen Löffeln zufrieden. Die Gastfreundschaft der Inselbewohner verbot ihnen jedoch, auf meinen Vorschlag einzugehen. Deshalb, sagte ich, Eile sei geboten, bald müsse ich weiterreisen, könne nicht lange verweilen. Alles in der Hoffnung, dass durch die Eile auch ein paar goldene Löffel in die Tonnen fielen.

Nach zwei Tagen waren die Tonnen gefüllt. Zwei Tage musste ich auf dem Stuhl sitzen bleiben. Die Tonnen wurden auf mein Schiff geladen und ich verabschiedete mich. Kaum war ich außer Sichtweite beschloss ich, den Sand über Bord zu kippen, natürlich durch ein Sieb, falls goldene Löffel mit hineingefallen waren. Natürlich hätte ich den Sand auch auf meinem Boot auskippen und mir ein Gemüsebeet anlegen können, aber ich wusste nicht, ob Pflanzen auf meinem Boot wachsen würden, da ich keine Pflanze kannte, die das ständige Schaukeln auf dem Wasser vertragen würde. Schlimmstenfalls wurden sie seekrank und kotzten, verzeihen Sie mir dieses drastische Wort, kotzten mir das Deck voll.

Aber ich wollte Ihnen von dem Durchsieben des Sandes erzählen. Ich fand tatsächlich 171 goldene Löffel in der Erde. Seltsam war der Sand. Als ich ihn ins Wasser kippte, ging er nicht unter. Er schwamm wie ein Teppich auf dem Wasser. Ungläubig staunte ich. Ich beschloss sogar, meinen Fuß auf den Sandteppich zu setzen. Er trug mich. Ohne es zu wollen war ich zum Besitzer einer kleinen

Insel geworden, die wie ein Sandteppich auf dem Wasser schwebte. Auf einem dieser Meere besitze ich eine Insel, unglaublich!

Zwischendurch überlegte ich sogar, die Insel hinter mir herzuziehen, so wäre ich der einzige Mensch auf der Welt, der immer eine Insel bei sich hatte. Mein Boot, die alte Lusitannia, lehnte jedoch ab, sie besäße keine Erfahrung mit dem Hinterherziehen von Inseln. Außerdem gefiel mir die Vorstellung, auf einem weit entlegenen Meer eine kleine Insel zu besitzen und vielleicht, vielleicht würde beim nächsten Besuch wieder ein solches Wettrennen stattfinden und dann hätte ich – ich war sicher, auch ein nächstes Wettrennen zu gewinnen – eine zweite Insel und noch mehr goldene Löffel gewonnen.

Mikado räusperte sich:

Reichen Ihnen 170 goldene Löffel? Ich meine, wenn Sie mir einen goldenen Löffel schenken, blieben Ihnen noch 170 übrig. Mehr als genug. Außerdem ist es leichter, auf 170 Löffel als auf 171 Löffel aufzupassen. Auch die Angst ist geringer, bei 171 goldenen Löffeln haben sie mehr Angst, etwas zu verlieren, als wenn sie nur 170 Löffel besitzen. Ich würde Ihnen ein Stück von dieser Angst abnehmen. Natürlich würde ich gern einmal eine Banane mit einem goldenen Löffel essen. Aber es geht mir hauptsächlich um Sie, damit ihre Angst nicht so groß ist.

Schwarzbart sah den Affen an.

Gern würde ich Ihnen einen Löffel schenken. Eine Banane mit goldenem Löffel essen wollen Sie? Das ist aber zu gefährlich. Die Banane ist goldgelb und der Löffel ist aus Gold. Ihre Zunge würde nicht bemerken, wo die Banane aufhört und der Löffel anfängt. Am Ende essen Sie versehentlich ein Stück vom Löffel mit. Es wäre zu gefährlich.

Außerdem benötige ich die goldenen Löffel als Lampen. Sie hängen alle an der Decke meiner Hütte. Am Tage speichern sie das goldene Sonnenlicht und abends fallen die gespeicherten Strahlen als goldene Licht-tröpfchen von den Löffeln und ich spare Kerzen und Licht. Sie könnten auch etwas für Ihre Umwelt tun, Kerzen und Energie einsparen, das soll jetzt sehr modern sein. Anstatt die vielen Bananenschalen weg-zuwerfen, wie viel sind es eigentlich am Tage, 1000?, könnten Sie die Schalen am Tage mit Sonnenlicht füllen und sie abends an die Decke ihrer Hütte hängen und somit ihren Raum mit Bananenlicht erleuchten. Denken Sie darüber nach, wieviel Energie Sie sparen würden. Bananen sind nicht nur zum Essen da, genauso wenig, wie Löffel nur zum Essen da sind.

Damit verschwand Schwarzbart. Es begann dunkel zu werden und in seiner Hütte fielen die ersten goldenen Lichttropfen von den

Löffeln. Zeit, gemütlich im Sessel zu sitzen und in einem Buch zwischen den goldenen Lichttropfen die schwarzen Buchstaben zu suchen, ein gemütliches goldenes Schmökern.

Jeder sollte seine Bücher in diesem goldenen Licht lesen, dachte Schwarzbart. Den Augen würde es guttun. Auch den mitlesenden Gedanken. Alle hätten nur noch goldene Gedanken im Kopf. Und es gäbe in keinem Buch mehr auch nur noch die klitzekleinste langweiligste weiße Stelle auf dem Papier. Egal, was die schwarzen Buchstaben vorher hineingeschrieben hatten. Darauf kam es nicht an. Es kam nur auf die mit goldenem Licht lesenden Augen an.

Aber davon später, dachte Schwarzbart, während seine Augen mit goldenem Licht durch den schwarzen Urwald der auf den Wellen schwankenden Buchstaben wanderten.

***

13
Der auf dem Wasser sitzende alte Mann

Wissen Sie, sagte Schwarzbart, Sie kennen mein minus 93. Abenteuer noch nicht?

Minus 93, runzelte Mikado die Stirn, ich verstehe es nicht, was meinen Sie mit minus?

Ich hätte wissen sollen, dass ich mit einem Ungebildeten, ich meine einem Bananengebildeten rede, sagte Schwarzbart. Es ist doch ganz einfach. Minus bedeutet: ein Abenteuer, das ich hätte erleben können, aber nicht erlebt habe.

Vor vielen Jahren bin ich einmal bei einer Seefahrt einem alten Mann begegnet. Mitten auf dem Meer saß er nur noch auf einigen Holzbrettern, die eine seltsame Form bildeten.

Wundern Sie sich nicht, sagte der alte Mann. Er konnte anscheinend meine Gedanken lesen.

Die Bretter? Seltsam nicht? Die Reste von meinem Boot. Mehr ist nicht übriggeblieben. Ich warte nur noch die Jahre ab, bis der Rest vermodert ist, dann lege ich mich auf den Grund des Meeres zur letzten Ruhe.

Worauf soll einer auf dem Wasser leben, wenn er nicht einmal mehr eine Sitzgelegenheit aus alten Brettern hat? Wenn sie vom Wasser zerfressen sind, ist es aus. Ich reise dann in eine neue Welt, unter Wasser, in eine andere Zeit, in eine Wasserzeit, für immer.

Eine andere Zeit? Die Bemerkung machte mich stutzig. Bevor ich überlegen konnte, sprach der alte Mann mich an:

Wohin reisen Sie?, fragte er mich.

Wohin reiste ich eigentlich? Richtig, ich suchte das Ende der Welt. Irgendwo musste doch diese verflixte Welt zu Ende sein. Diese Stelle suchte ich, um meinen Kopf durch das Ende der Erde zu stecken und herauszufinden, was es hinter dem Ende der Welt gab.

Sie suchen das Ende der Welt, sagte der Alte. Seltsam, aber er konnte wohl alle meine Gedanken lesen.

Sie müssen immer geradeaus fahren, weichen Sie keinen tausendstel Millimeter ab, egal was kommt, ob ein Meer, eine Burg, ein Drache, ein Tiger, ein Krokodilsumpf, eine 10 Meter lange Schlange, immer geradeaus, so kommen Sie ans Ende der Welt.

Und wenn ich etwas abweiche?, fragte ich neugierig.

Das hängt davon ab, wie viel Sie abweichen. Der Alte schlug ein Buch auf, der einzige Gegenstand, den er noch besaß. Langsam blätterte er durch die Seiten.

Hier, das könnte ich Ihnen empfehlen. Immer geradeaus, aber weichen sie dabei 1 cm auf 10 km ab.

Der Weg zum Bananenschlaraffenland?, fragte Mikado aufgeregt.

Woran Sie wieder denken! 1 cm auf 10 km. Am Ende dieses Weges befand sich ein dunkles Tor, das durch die Luft und durch die Zeit führte. Durch dieses Tor kam man in die Vergangenheit, je nachdem, wann man hindurchtrat, kam man in den letzten Tag zurück, in die letzte Woche, vielleicht sogar in die Zeit vor einem Jahr.

Und dann?, fragte Mikado gelangweilt, was haben Sie davon, in die Vergangenheit zu reisen und noch einmal in dem gestrigen Tag zu landen.

Viel, erwiderte Schwarzbart, sie können alles sehen, was sie hätten erleben können aber nicht erlebt haben. Mein -93. Abenteuer, nie hätte ich von ihm gewusst, wenn ich nicht in die Vergangenheit gereist wäre.

Aber Sie haben es nicht erlebt. Nur ein Minusabenteuer, Sie haben es nur in der vergangenen Zeit gesehen, aber nicht erlebt. Schwarzbart nickte.

Sie haben recht. Es war trotzdem spannend. Und wissen Sie, das Schöne daran, sie ärgern sich bei dem Minusabenteuer nicht, wenn sie es verpasst haben. Sie sehen es einfach und denken: schön, gestern hätte ich am weißen Strand faulenzen können, setzen sich an den weißen Strand, aber sie ärgern sich nicht, dass es nur ein Vergangenheitsraum, ein vergangener Traum, kein wirkliches Abenteuer war.

Mikado war das zu kompliziert.

Sagen Sie mal, dieser alte Mann, er hat Ihnen nicht zufällig den Weg zum Bananen-schlaraffenland verraten?

Nein, antwortete Schwarzbart knapp.

Meinen Sie, er sitzt noch auf seinen Brettern auf dem großen Meer und ich könnte hinfahren, ihn fragen?

Vielleicht, erwiderte Schwarzbart. Sie müssen aber den Richtigen finden. Überall auf dem Meer findet man Männer, die nur noch auf ein paar Brettern sitzen. Aber nur einer trägt dieses Buch bei sich.

Mikado überlegte. Lohnte sich die Suche?

Ich muss leider weg, sagte Schwarzbart. Überlegen Sie weiter, melden Sie sich, wenn Sie mein -93. Abenteuer hören wollen.

Aber entscheiden Sie sich schnell. Die Minus-Abenteuer sind schön, aber man vergisst sie auch schnell. Ich weiß nicht, ob ich mich morgen noch daran erinnern kann. Fragen Sie mich morgen, dann werden wir sehen, vielleicht, wir müssten es mit dem Minus darauf ankommen lassen, es kommt nicht häufig vor, dass mich jemand nach meinem letzten Minusabenteuer fragt. Für heute lassen Sie es gut sein, sagte

Schwarzbart, ein Minusabenteuer, es strengt alle und alles an, den Kopf, die Ohren, die Zunge, die Zähne, durch den die Minusworte flutschen, die Augen, die versuchen müssen, in der Luft die gesprochenen Minusworte zu sehen, weil man nicht alle Worte hören kann, die Hände, die versuchen, die fliehenden Worte einzufangen, den Kopf, der versucht, die Gedanken in die richtigen Gehirnwindungen zu lenken, die Haare, die sie runterdrücken müssen, damit die Gedanken nicht aus den Kopf über die in die Luft ragenden Haare in den Wolken verschwinden; alles, ich sage bei den Minusabenteuern wird alles aber auch wirklich alles angestrengt. Kommen Sie einfach vorbei, wenn Sie sich entschieden haben, aber wie gesagt, wenn es um ein Minusabenteuer geht, kommen sie nicht zu spät, es könnte passieren, dass jemand einen senkrechten Strich durch das Minusabenteuer macht, schon haben Sie ein positives Abenteuer.

Und ein Positivabenteuer, ist es nicht langweilig?

Ich weiß es nicht, Schwarzbart gähnte ein weiteres Mal, ich weiß es nicht, weiß weder ob Minus oder Plus, ob Sie kommen sollen oder nicht, entscheiden Sie doch einfach selbst, am besten Sie machen es, wie Ihr Gefühl, egal ob

Ihr Minus- oder Ihr Positivgefühl, wie Ihr Gefühl Sie leitet.

Gute Minusnacht, ach was rede ich, eine Minusnacht ist genau das Gegenteil von einer Nacht, also müsste ich Guten Tag sagen. Das macht aber keinen Sinn, abends Guten Tag zu sagen. Also muss es einen Unterschied geben zwischen einer Minusnacht und dem Tag. Ein Unterschied muss es zwischen diesen beiden Dingen geben, vielleicht, doch, schließlich träumt einer in der Nacht andere Dinge als am Tag. Also Gute Minusnacht, vielleicht minus Gute Nacht, also vielleicht. Ach setzen Sie doch überall, vor jedem Wort ein Minus (-) und ihr Leben wird umgedreht, vielleicht, vielleicht auch nicht.

Endlich war der alte Seebär eingeschlafen. Am Abendhimmel erschien der Mond, in einem seltsamen, sehr seltsamen Licht, denn es war der Minus(-Mond).

***

14
Das Versteck im Papyrusblatt

Wissen Sie, sagte Schwarzbart, jeden Flecken dieser Welt kenne ich, ich meine, ich bin mit meinem Boot über jede Stelle dieser Erde gefahren. Sogar über Land. Dort, wo heute Land ist. Sie müssen sich nur vorstellen, dass auch an diesen Stellen früher Wasser war, Seen und Meere, und diese Vorstellung ihrem Boot klarmachen, dann fährt es auch über Land.

Sagen Sie ihm einfach: vor 100 Millionen Jahren gab es hier Wasser, warum fährst du nicht weiter? Und das Boot wird weiterfahren, über Land, weil es dort vor 100 Millionen Jahren Wasser gab. Sehen Sie, irgendwann gab es überall auf der Erde Wasser, deshalb konnte ich mit diesem Trick auch über alle Stellen dieser Erde mit meinem Schiff fahren.

Einmal fuhr ich über ein seltsames Meer. Überall wuchsen Bäume aus dem Wasser. Den Grund hatte ich schnell herausgefunden. Das Meer hatte verschlafen, hatte einfach seit einer Million Jahre vergessen, sich zurückzuziehen, zu verschwinden, wie es an vielen Stellen auf der Welt passiert war. Aber die Bäume, die aus dem Wasser wuchsen, wussten doch, dass sie jetzt wachsen mussten, dass es jetzt ihre Zeit war. Sie konnten keine Rücksicht nehmen auf das vergessliche Meer. Als ich auf den Meeresboden sah, entdeckte ich herumlaufende

Elefanten, Nashörner, Tiger, herumfliegende Vögel, alles bewegte sich dort unten, denn es war schon lange geplant, dass diese Tiere dort leben sollten und daran änderte sich nichts, weil das Meer vor einer Million Jahre vergessen hatte, dass es woanders hinziehen sollte.

Mitten über dem Wasser schwebte eine kleine Hütte. Ich hatte sie mit meinem Boot fast passiert, da öffnete sich ein kleines Fenster. Ein alter Mann sah mich an und reichte mir, ohne ein Wort zu sprechen, eine Papyrusrolle.

Das Papier war völlig weiß, kein einziger Buchstabe, was sollte ich damit?

Nimm, sagte der alte Mann, es ist das beste Versteck.

Ich schüttelte den Kopf. Die Papyrusrolle ein Versteck? Als ich mich umdrehte, war der Mann mit seiner Hütte im Wasser verschwunden. Seltsam!

Viele Stunden fuhr ich auf dem Wasser, da entdeckte ich am Horizont ein umgekehrtes spitzes Dreieck, darauf ein Mast und dort ein kleines Dreieck, kurzum ein Segelboot. Es nahte sich mir in rasender Fahrt. Bald erkannte ich, dass es ein Piratensegler oder zumindest ein gemeiner Räubersegler war. Ich erschrak! Nur Mut, Schwarzbart, dachte ich, nur Mut, nur Mut. Eilig malte ich einen Totenkopf auf mein Segel und schnitt mir die Haare und den Bart ab. Die Räuber sollten denken, ich sei einer von ihnen.

Aber mein Schatz, fiel es mir ein. In der Kajüte stand eine große Kiste mit Perlen, Goldstücken, Diamanten, alles, was ich auf meinen vielen Fahrten durch die Welt gesammelt hatte.

Nehmen Sie, es ist das beste Versteck.

Nimm, es ist das beste Versteck.

Immer wieder klangen diese Worte des alten Mannes in meinen Ohren. Ich konnte doch nicht die Perlen in die Papyrusrolle einwickeln, sofort würden die Piraten sie finden. Vielleicht sollte ich damit einen Karton bauen. Aber auch diesen würden die Piraten finden. Nachdenklich betrachtete ich die Papyrusrolle.

Irgendwie kam ich auf die Idee, eine Perle zu holen und sie auf's Papier zu legen. Sie war sofort verschwunden. Nur ein winziger Fleck, nicht größer als ein Haufen Fliegendreck, blieb zurück. Ich wiederholte es mit einer weiteren Perle, auch sie verschwand im Papier, nur einen winzigen Fleck hinterlassend. Jetzt verstand ich. Eilig legte ich den gesamten Schmuck aus der Kiste auf das Papier, mit jedem Stück geschah dasselbe.

Nur mit einer Lupe und außerdem einem Fernglas vor den Augen ließ sich erkennen, dass die winzigen Punkte auf dem Papier eigentlich glitzernde Perlen waren.

Höchste Zeit. Ich hörte, wie draußen der Piratensegler an meinem Boot anlegte und die ersten Räuber aufs Deck sprangen. Ein Blitz, ein Gedankenblitz durchfuhr mich.

So etwa haben Sie das das erste Mal erzählt, unterbrach Mikado.

Schweigen Sie, sagte Schwarzbart. 1000 mal hat mich ein Geistesblitz getroffen, kluge Zuhörer hätten es bemerkt, ohne dass ich darauf hinweisen muss. Wo war ich stehengeblieben? Sehen Sie, Sie bringen alles durcheinander.

Ein seltener Geistesblitz, stichelte Mikado.

Geistesblitz, wiederholte Schwarzbart, so war es. Was, wenn ich mich auf das Papier setzte, es war keine Sekunde zu verlieren. Eilig sprang ich auf die Papyrusrolle, im nächsten Augenblick war ich verschwunden, steckte inmitten eines schnee-weißen, flauschigen, luftigen Papierbogens. Wie aus weiter Ferne vernahm ich die Seeräuber, die mein Schiff durchsuchten. Alle Räume hatten sie durchforstet, es blieb nur die Kajüte. Die ersten stürzten hinein. Nach wenigen Minuten flohen sie wieder, ich hörte ihre entsetzten Schreie, ihr Fluchen und Stöhnen, ihre hastigen Schritte.

Was war geschehen?

Sie hatten nichts und niemanden gefunden, auch nicht in der Kajüte, und so glaubten sie, auf einem Schiff gelangt zu sein, dass von einem unsichtbaren Geist gesteuert wurde.

Geister ist das einzige, wovor Piraten Angst haben, glaube ich jedenfalls.

Die Gefahr war vorüber. Aber ich, ich steckte noch immer in der Papyrusrolle. Wie ich es herausgeschafft habe, daran erinnere ich mich nicht mehr. Auch alle Perlen, bis auf die letzte, die

Goldstücke und Diamanten, Smaragde und Rubine, alles fiel wieder aus dem Papier heraus.

Nimm, es ist das beste Versteck.

Wieder kamen mir die Worte des alten Mannes in den Sinn. Ich hatte wirklich das Beste und praktischste Versteck: alle meine Vorräte, die Dinge, die ich nicht täglich brauchte, die überzählige Kleidung aus dem Schrank, alles ließ sich in der seltsamen Papyrusrolle verschwinden.

Auf einmal hatte ich unheimlich viel Platz in meinem Boot, so viel, dass sich darauf Fußballspielen konnte oder Bumerang werfen mit Bananen.

Verzeihung, räusperte sich Schwarzbart und sah Mikado entschuldigend an, natürlich habe ich nicht mit den Bananen Bumerang gespielt.

An einem Abend saß ich in meinem Schaukelstuhl und hielt mein Fernglas in der Hand und betrachtete durch eine Lupe die seltsame Papyrusrolle. Wie ein Blitz durchzuckte es mich.

Schon wieder ein Geistesblitz, stichelte Mikado. Es gibt andere Blitze, gab Schwarzbart ärgerlich zurück. Aber es ist wohl hoffnungslos, Ihnen das zu erklären. Auf dem Papier hatte ich jene kleine Hütte entdeckt, an der ich damals vorbeigekommen war, die plötzlich im Wasser verschwunden war. Im Fenster der Hütte erkannte ich das Gesicht des alten Mannes. Wurde mein Boot vielleicht tatsächlich von einem Geist gesteuert, die Piraten, sie waren doch entsetzt geflohen. Hatte ich mir ein trojanisches Pferd aufs Boot geholt?

Doch davon später, ein wenig später, vielleicht, ich muss ausruhen, es ist anstrengend, Leute wie Ihnen komplizierte Dinge zu erklären.

Manche Erklärung findet sich sowieso im Schlaf, ergänzte Schwarzbart, früher habe ich mir deshalb immer ein Buch unter mein Kopfkissen gelegt, auch andere Dinge habe ich unters Kopfkissen gelegt, leeres Schokoladenpapier, um von der köstlichsten Schokolade der Welt zu träumen; die kompliziertesten Rechenformeln, um in einer Nacht klüger als Einstein zu werden; das dickste Telefonbuch der Welt, so dick, dass mein Kopfkissen fast unter der Zimmerdecke steckte, um als einziger Mensch alle Telefonnummern dieser Welt auswendig zu kennen. Vieles habe ich mir unters Kopfkissen gesteckt, ich könnte Ihnen leicht erklären wie es funktioniert, im Schlaf zu lernen. Was meinen Sie, weshalb ich in der Schule so viel geschlafen habe, weil man im Schlaf oftmals am meisten lernt. Aber davon später, vielleicht, vielleicht, wenn Ihr Einschlafen ausgeschlafen hat.

***

15
Die richtig verkehrte Welt

Wissen Sie, sagte Schwarzbart, ich bin überall in der Welt herumgekommen. Es ist ganz einfach, wie sie es anstellen müssen, keinen Ort zu verpassen. Sie suchen sich einen Punkt und fahren in jede 360 Richtungen, ich meine einmal im Kreis, der Kreis hat doch 360°. Nur noch 1° hat mir gefehlt, es war der 189.°, dann hätte ich als erster Mensch jeden Winkel der Erde abgefahren. Tagelang fuhr ich im Winkel 189° mit meinem Boot übers Wasser. Ein seltsames Gefühl beschlich mich, mit jedem Tag mehr.

Am Morgen des fünften Tages stand ich an meinem Ruder und blickte auf die Schiffsspitze. Ich traute meinen Augen nicht. Ungläubig rieb ich mir die Augen, vielleicht lagen noch Schlaf oder Reste von Nachträumen über meinen Pupillen. Aber es war alles, wie ich es sah.

Vorne an der Spitze begann sich mein Schiff aufzulösen. Sie hören richtig, mit jeder Minute lösten sich Teile der alten Bretter in Nichts auf. Noch war kein Grund zur Panik. Ich holte einen Stuhl und klemmte mich ganz fest ans Steuer. Solange der Rest des Schiffes blieb, bestand keine Gefahr. Jedenfalls wollte ich mich nicht plötzlich ohne Boot auf dem Meer befinden, schon gar nicht in Richtung 189°.

Unsicher blickte ich zur Seite. Mein Gefühl war trügerisch.

Auch hier löste sich das Boot auf, auf der rechten und linken Seite verschwanden auf einmal alle Bretter, dann das Heck des Bootes, in dem mein Vorrat lagerte. Nach einer Stunde, Sie werden es nicht glauben, saß ich mitten auf dem Meer, auf einem Stuhl, vor mir nur noch das Ruder, alles andere hatte sich in Nichts aufgelöst.

Vorsichtig bewegte ich das Ruder. Es war verrückt, mit dem Ruder konnte ich den Stuhl steuern, ich saß auf einem Stuhl, mitten auf dem Meer, und steuerte den Stuhl mit einem Ruder.

Kaum hatte ich mich beruhigt, bemerkte ich wieder etwas Seltsames. Drei Gestalten, nicht zu sehen, nur zu ahnen, näherten sich, von hinten, links und rechts. In Windeseile erreichten sie meinen Platz.

Ehe ich mich versah stürzte zur gleichen Zeit eine riesige Welle auf mich zu. Eine seltsame Welle. In der Mitte befand sich ein offener Torbogen, eine Welle mit Öffnung und ich steuerte direkt auf die Öffnung zu.

Ohrenbetäubend fegte die Welle über mich hinweg. Als ich die Augen öffnete, sah ich eine spiegelglatte See. Direkt vor mir stand ein Schild: Die verkehrte Welt.

Ich hatte kaum zu Ende gelesen, da packten mich die drei unsichtbaren Gestalten, hoben mich in die Höhe, befestigten etwas Seltsames an meinen

Füßen und, Sie hören richtig, drehten mich herum, die Füße nach oben, den Kopf nach unten.

Dummerweise waren die drei Gestalten so klein, dass sie mich zu wenig gehoben hatten, mein Kopf steckte im Wasser:

Hebt ihn höher, schnell!, hörte ich einen von ihnen sagen.

Sie zogen mich an den Füßen ein Stück weiter in die Höhe, bis nur noch meine Haarspitzen das Wasser berührten.

Jetzt lauf!, befahl eine der Gestalten.

Sie meinte wohl mich, denn als ich unbeweglich in der Luft hängen blieb, bekam ich einen leichten Schlag versetzt.

Jetzt laufen, wiederholte die Stimme.

Ich setzte den rechten Fuß vor, dann den linken, wieder den rechten. Ein Wunder. Ich hing mit den Füßen in der Luft, konnte verkehrt herum, den Kopf nach unten, herumlaufen.

Am Ufer erblickte ich einen Baum. Die Äste standen auf dem Boden, die Wurzeln ragten in den Himmel.

Warum stehst du verkehrt herum?, fragte ich den Baum.

Verkehrt? Er schüttelte sich. In der Luft gibt es genügend Wasser für meine Wurzeln. Und wenn meine Äste nach unten und nicht nach oben stehen, ist es viel leichter, die vielen Äpfel zu tragen.

Ich hatte kaum Zeit nachzudenken, da flitzte ein Vogel an mir vorbei. Nein, nicht durch die Luft. Er lief mit seinem Flügeln über den Boden.

Alles war verkehrt. Schnell gewöhnte ich mich an diesen Zustand. Ich musste nicht mehr nach unten auf die graue schmutzige Erde sehen, sondern meine Blicke fielen nur noch auf den strahlend blauen Himmel.

Kaum hatte ich daran Gefallen gefunden, kam wieder eine riesige Welle, diesmal ohne Öffnung, auf mich zu. Ehe ich zur Besinnung kam, spülte sie über mich hinweg. Mit ihr verschwand das verkehrte Land. Vor mir sah ich wieder mein Boot, alles war aus dem Nichts aufgetaucht, alles war nach der zweiten Welle wieder verschwunden und ich konnte meine Heimreise antreten.

Mikado sah Schwarzbart an.

Können Sie noch, ich meine, können Sie noch verkehrt herum laufen? Sie könnten so für mich auf einen Baum klettern, es wäre sicherlich einfacher, auf jeden Fall abenteuerlicher, und Sie sind doch für neue Abenteuer, auch wenn diese verkehrt sind…

Ich kann, antwortete Schwarzbart. Alles hatte die zweite Welle fortgeschwemmt, nur dieses Seltsame an meinen Füßen, was mich wie ein Magnet in der Luft hielt, nicht. Ich habe aber jetzt keine Lust, es mir wieder an die Füße zu befestigen. Es ist mir zu langweilig, verkehrt herum mit den Füßen in der Luft klebend herumzulaufen. Später, vielleicht später wieder, wenn meine Füße vom Schmutz auf dieser grauen Erde genug haben. Das Problem ist, wenn sie verkehrt herumlaufen, dass ihre Haarspitzen über den Boden schleifen. Sie müssen sich alle 5 Minuten die Haare waschen. Verstehen Sie mich richtig, aber dazu habe weder ich noch haben meine Haare dazu im Augenblick Lust. Vielleicht später, wir werden sehen, später, dass Später wird sich finden.

***

16
Der Nasenkönig

*W*issen Sie, sagte Schwarzbart, vor vielen Jahren bin ich durch eine Landschaft gefahren, die ich nie zuvor gesehen hatte. Dazu braucht man eine Straßen-, ich meine eine Wasserkarte.
Haben Sie eigentlich auch eine Karte für die Bananenbäume? Ich meine, es müssen doch die verschiedenen Baumstraßen aufgezeichnet sein. Ich meine, die Straßen, die zu den gelben Bananen führen und die Wege, die zu den blauen Bananen führen, das muss doch alles auf einer Karte aufgezeichnet sein. Oder die Einbahnstraßen im Bananenbaumland. Überlegen Sie, Sie klettern auf einen Bananenbaum eine Einbahnstraße in verkehrter Richtung hoch und es kommt Ihnen plötzlich von oben ein Affenkollege entgegen. Was wollen Sie machen? Aber lassen wir das, schließlich geht es hier nur um Wasserstraßen und nicht um Bananenbaumstraßen.
Umso mehr, als ich plötzlich ein Schild sah, das mir anzeigte, nach der nächsten Ecke hinter dem Horizont würde ein Fluss nach rechts abzweigen, der kein Wasser mehr führte. Ich wollte unbedingt diesen Weg nehmen. Sind Sie aber schon einmal mit

einem Boot durch einen Fluss gefahren, der ohne Wasser ist?

Verschiedene Möglichkeiten kamen mir in den Sinn. Tausende von Luftballons aufblasen, ans Schiff binden bis es durch die Luft schwebt. Das war eine. Aber ich hatte keine Lust zum Ballonaufblasen. Ich konnte mich unter das Boot graben, es dann auf meine Schultern nehmen und es durch das ausgetrocknete Flussbett tragen. Aber ich hatte keine Lust, wie Herkules Gewichte zu stemmen. Außerdem, wer sollte dann das Boot lenken? Ein Boot zu lenken, dass durch die Luft getragen wird, ist nämlich eine sehr komplizierte Angelegenheit. Ich könnte eine Seilbahn bauen. Ja, wäre es nicht die Lösung? Ein Seil über den ausgetrockneten Fluss spannen und wie ein Sessellift das Boot daran vorwärts ziehen. Doch woher die vielen Seile nehmen?

Vielleicht das Boot tragen lassen? Ich meine, es an tausend Seemöwen festbinden, die es dann durch die Luft tragen.

Schwarzbart schüttelte zu sich selbst den Kopf. Haben Sie schon einmal versucht, eine Möwe an ein Seil anzubinden, damit sie mit 999 anderen ihr Boot trägt? Sie würde sich nur heftig mit ihrem riesigen Schnabel wehren; und selbst wenn Sie die Möwe festgebunden hätten, dauerte es keine

Sekunde und ihr scharfer Schnabel hätte das Seil wieder durchtrennt. Vergessen Sie diese Möglichkeit, sagte Schwarzbart zu Mikado, meinte aber mit der Antwort sich selbst.

Es blieb wohl nur noch ein Weg, eine letzte Möglichkeit. Das Boot zur Hälfte mit Wasser füllen, das Wasser vor das Schiff kippen, damit es ein Stückchen vorwärtsfahren konnte, dann das Wasser mit einem Eimer von hinten aufs Boot zurücktragen, wieder vor dem Boot ausgießen usw.; jedes Mal könnte es dann ein kleines Stückchen vorwärtsfahren.

Wie ich noch nachdachte hörte ich auf einmal Schritte, dumpfe Schritte, die immer lauter wurden. Als ich mich umdrehte sah ich einen großen König, der auf mich zukam. Ein bisschen erschrocken war ich schon, sind Sie schon einmal einem richtigen König begegnet? Wohl kaum, ich kann mir nicht vorstellen, dass Könige in Bananenbäumen leben.

Der König schritt mit weit nach vorn gebücktem Haupt – so weit war sein Kopf nach unten geneigt, dass beim Laufen seine große Nase über den Boden schleifte – jedenfalls in dieser Haltung lief der König auf mich zu.

Meine Nase, meine arme Nase, jammerte der König, sie tut sehr weh, wer kann mir helfen, meine

Nase zu tragen, wer hilft mir, gegen die Nasenschmerzen?

Ich erkannte das Problem sofort.

Nun, großer König, sagte ich zu ihm, du musst deine schwere goldene Krone vom Kopf nehmen.

Er trug nämlich eine riesige Krone auf seinem Kopf, übersät mit großen schweren Diamanten, umrahmt von purem Gold.

Am besten, du schenkst mir die Krone. Dann bist du das Problem los.

Der König schüttelte zuerst den Kopf, schließlich ließ er sich überreden. Sobald die Krone von seinem Haupte war, begann der Kopf sich aufzurichten und die Nase schleifte nicht mehr über dem Boden. Ohne dass er es merkte, zog etwas an seinen Haaren, so dass der Kopf hoch und höher kam und er, ich glaube zum ersten Mal in seinem Leben, den Himmel sehen konnte. Im selben Moment spritzte ich in hohem Bogen ein paar Nasentropfen in die Luft, sie prallten gegen eine tiefe Wolke und fielen von dort genau in die wunde Nase des Königs. Im selben Moment war auch die Nase geheilt.

Sie sind ein Genie, rief der König, der beste Nasendoktor, dem ich begegnet bin.

Einen Wunsch werde ich Ihnen erfüllen, erklärte der König.

Als er vor meinem Problem erfuhr, klatschte er in die Hände, es waren gewaltige Hände, das Klatschen schallte durchs ganze Land, kurz darauf erschienen 1000 Sänftenträger. Sie schoben lange Stangen unter mein Boot, an jedem Ende, es waren 500 Stangen, fasste ein Träger an und auf den Wink des Königs hoben Sie mein Boot in die Höhe.

Danach trugen sie es durch den ausgetrockneten Flusslauf, mein Problem war gelöst.

In diesem Moment bekam der König ein paar Blütenpollen in seine Nase und musste heftig niesen. Sie glauben gar nicht, wie voll das Taschentuch war und welche seltsamen Dinge zum Vorschein kamen, alle möglichen Dinge, die sich während der Zeit, als er weit nach vorne gebückt und mit über dem Boden schleifender Nase in seinen beiden großen Nasenlöchern angesammelt hatten.

Mikado schüttelte den Kopf.

Ihre Geschichte ist langweilig, nichts Besonderes, alltäglicher Nasenkram. Ich klettere nur ab und zu in den Bananenbaum, um mich fit zu halten. Normalerweise lasse ich mir die Bananen von einer Dienerschaft aus Ameisen heruntertragen.

Mikado klatschte in die Hände, sofort erschienen tausende von Ameisen. Sie liefen in zwei Reihen, zwei nebeneinander laufende Ameisen hatten immer eine kleine Stange auf ihrem Rücken, auf der sie etwas tragen konnten.

Es ist wirklich langweilig, was Sie erzählen, wiederholte Mikado.

Dann erzählen Sie sich nächstes Mal Ihre Geschichten selbst, antwortete Schwarzbart erbost. Ich verzichte auf zwei freche Affenohren als Zuhörer. Überall würde man sich darum reißen, meine Abenteuer zu hören. Vom höchsten Wolkenkratzer der Welt sollte ich sie erzählen, damit möglichst viele sie hören können. Nur wegen Ihnen bin ich im Urwald geblieben. Das wird sich ändern. Vielleicht. Wir werden sehen, aber davon ein anderes Mal, vielleicht später, wir werden sehen.

***

17

Die Weltraumjagd

Wissen Sie, sagte Schwarzbart, ich werde Ihnen ein Geheimnis verraten. Viele Jahre als Seefahrer habe ich gebraucht, um es herauszufinden, manch unliebsame Erfahrung wäre mir erspart geblieben.

Wissen Sie, ein Fluss fließt nie geradeaus. Warum? Weil es ihm Spaß macht, in Schlangenlinien zu fließen. Nur die Menschen bauen alles gerade, weil sie keinen Spaß verstehen und meinen, für Schlangenlinien keine Zeit zu haben.

Wenn sie Schlangenlinien fahren, müssen sie mal nach rechts und mal nach links lenken. Praktisch, oder? Das Steuerruder nutzt sich nach beiden Seiten gleichmäßig ab. Nach rechts und nach links. Soweit so gut. Nun zum Geheimnis.

Die Erde ist eine Kugel. Um auf der Kugel zu bleiben, müssen Sie auch immer etwas nach unten lenken, sonst würden Sie immer geradeaus fahren und irgendwann von der Kugel herunterfallen. Verstehen Sie? Sie müssen also immer nach links und rechts, wegen der Schlangenlinien, und immer etwas nach unten lenken, nur ein klein wenig, nicht zu viel, sonst verwandeln sie Ihr Schiff in ein U-Boot.

Als junger Seefahrer kannte ich dieses Geheimnis nicht. Niemand hat es mir verraten. Vielleicht dachten viele auch: Gut, wenn es die Neuen nicht wissen, irgendwann, wenn sie immer nur geradeaus und nicht nach unten lenken, fallen sie von der Erdkugel und sind keine Konkurrenz mehr für uns.

Bei meiner ersten Seefahrt kannte ich das Geheimnis noch nicht. Ich betrachtete die Küste und stellte das Steuer so ein, dass mein Schiff genau wusste, wann es nach rechts und wann es nach links fahren musste. Dann legte ich mich schlafen. Als ich morgens aufwachte, war es stockdunkel. Sie haben richtig gehört. Stellen Sie sich vor, Sie wachen morgens auf und es ist stockfinster. Die Erklärung war einfach, einfach aber schmerzhaft, denn plötzlich sauste ein faustgroßer Stein, ein Meteorit, durch das Segel meines Schiffes. Das Boot hatte den Inselfluss verlassen und sauste jetzt durch den Weltraum.

Erst jetzt begriff ich, was passiert war und auch warum, denn als ich mich umblickte sah ich die Spur meines Bootes, die wie ein gerader, mit dem Lineal gezogener Strich, von der Erde wegführte. Ungläubig starrte ich auf das Loch in meinem Segel, durch das der kalte Weltraumwind brauste. Plötzlich nahm ich wahr, dass der Rand des Loches nicht schwarz und verbrannt war, wie ich es erwartet hatte, da der Komet mit unglaublicher Geschwindigkeit hindurchgerast war und dabei entsteht üblicherweise eine unglaubliche Hitze, brennend wie Feuer. Der Rand war mit einem feinen Goldsaum überzogen.

Schwarzbart, sagte ich zu mir, weißt du, was eben passiert ist? Ein Komet, groß wie mein Bauch, ist eben durch das Segel deines Schiffes gerast und der Komet muss aus purem Gold bestanden haben.

Ich riss das Steuer meines Bootes herum und jagte dem Kometen hinterher. Alles versuchte ich aus meiner alten Lusitannia herauszuholen, ich selbst klemmte mich ans Segel, um das Loch zu verschließen, damit uns der Weltraumwind kräftiger antreiben konnte.

Hoffentlich saust nicht noch ein zweiter Komet durch das Segel, dachte ich, er wäre geradewegs durch meinen Bauch geflogen.

Nach kurzer Zeit entdeckte ich den goldenen Kometen. Ich ließ mich vom Segel auf die Bootsbretter fallen und riss ein großes Seil aus der Bootskiste heraus. Ein Ende band ich um meinen Bauch, das andere Ende formte ich zu einer Schlinge, wie bei einem Lasso. Dann schleuderte ich das Seil dem goldenen Kometen nach.

Beim zweiten Mal hatte ich ihn. Doch der Komet flog etwas schneller als mein Schiff und begann, mich von Bord zu ziehen. Auf ähnliche Weise hatte ich gegen Haifische gekämpft, aber Kometen sind doch etwas anderes.

Fahr schneller, rief ich meinem Boot zu, sonst bin ich verloren.

Die alte Lusitannia keuchte. Heftig schnaubend antwortete sie mir:

Was bekomme ich dafür?

Alles! rief ich. Einen neuen Anstrich, wenn du willst aus Honigzucker, ich streich dich von oben bis unten neu und entferne den letzten Krümel Rattendreck am Bord.

Hast du schon oft versprochen, antwortete Lusitannia.

Gut, rief ich, ich werde mich bessern und du darfst sogar die neue Farbe bestimmen.

Das war ein Fehler, denn mein altes Boot antwortete:

Rosa, alles rosa, dann kommen wir ins Geschäft. Ich nickte heftig, denn mittlerweile hatte der rasende Komet bereits mein vorderes Bein über die Reling gezogen. Jetzt holte Lusitannia tief Luft und beschleunigte noch einmal das Tempo. Ich war gerettet. Gerettet, gerettet, gerettet.

Und? fragte Mikado.

Schwarzbart sah ihn traurig an:

Kein Und. Leider zerriss das Seil und der Komet verschwand auf Nimmerwiedersehen.

Wenn Sie einmal einen Kometen mit Schnur um den Hals finden wissen Sie, dass er mir gehört. Ich habe meine Rechte in alle Grundbücher dieses Weltalls eintragen lassen, bisher hat sich aber noch niemand gemeldet, kein Mensch, auch kein Bewohner eines anderen Planeten.

Hoffen Sie nicht, sagte Mikado, meinen Sie wirklich, jemand meldet sich, wenn er einen goldenen Kometen findet? Er wird das Gold verkaufen und „Aus der Traum", für Sie jedenfalls. Ich habe einmal ein Stück Banane verloren, in einer Fußgängerzone, tausende von Menschen um mich herum.

Nie habe ich es zurückbekommen, stattdessen kam es mir vor, dass auf einmal jemand grinsend und laut schmatzend weiterlief, in irgendeinem dieser 1000 Münder ist mein Stück Banane verschwunden. Da würde ich nicht länger auf den goldenen Kometen warten. Glauben Sie mir, ich habe Erfahrung. Erfahrung mit Verlorenem, aber noch mehr negative Erfahrung mit dem Wiedergegebenen.

Wenn Sie wieder einmal durch das Weltall fliegen, sagte Mikado, können Sie mir etwas mitbringen?

Wissen Sie, ich habe einmal den Mond gesehen, nur noch eine Sichel war von ihm zu sehen, seine Form wie eine..., Naja, Sie wissen schon. Und morgens, wenn der Mond noch am Himmel stand und von der aufgehenden Sonne angestrahlt wurde, strahlte er wie eine goldgelbe Banane. Vielleicht können Sie mir diese Banane mitbringen, ich glaube, es ist die größte, die ich je gesehen habe. Und vielleicht ist es auch die süßeste, die ich je geschmeckt habe. Aber dafür, dafür müssten Sie mir diese Mondbanane mitbringen, damit ich wenigstens einmal hineinbeißen kann.

Wie sind Sie denn überhaupt aus dem Weltall zurückgekehrt? Ich meine, war es Zufall? Dann brauche ich Ihnen keinen neuen Weltraumauftrag zu geben, wenn es sowieso nicht sicher ist, dass Sie zurückkehren. Obwohl, kehren Sie nicht zurück, brauche ich mir Ihre seltsamen Geschichten nicht mehr anzuhören.

Das ergäbe mehr Abendzeit zum Bananenessen. Keine schlechte Vorstellung. Ja, vergessen Sie bald wieder, nach unten zu lenken und versuchen Sie, mir die Mondbanane mitzubringen. Ich denke…

Mikado schwatzte unentwegt weiter. Das aufzuschreiben machte keinen Sinn. Nicht, weil es uninteressant war, aus dem einfachen Grund, weil der alte Seebär Schwarzbart längst eingeschlafen war.

Friedlich schlief er vor sich hin, dabei schnarchte er jedoch derart laut, dass es sogar den weit entfernten Jupiter im dunklen Weltraum zum Wackeln brachte und seltsame Früchte von den Bäumen, die dort unsichtbar wuchsen, auf den Jupiterboden plumpsten und von dort wie unsichtbare Flummis ins Weltall sprangen, direkt in Richtung der blau angestrichenen Erdkugel. Dort würden die seltsamen Kugeln bestimmt dem alten Schwarzbart auf den Kopf fallen und spätestens dann, allerspätestens dann, würde er wieder aus seinem tiefen Schnarchschlaf erwachen.

Aber das ist bestimmt eine ganz andere Geschichte. Denn die Geschichten, die einer vor dem Einschlafen erzählt, sind gänzlich verschieden von den Geschichten, die einer erzählt, bevor er einschläft. So verschieden wie Tag und Nacht. Sonst könnte sich ein jeder das Einschlafen und das Aufwachen auch gleich sparen, war beides doch oft mit etlichen Mühen verbunden, besonders das Einschlafen mit Mühen für die

Kinder und das Aufwachen mit Mühen für die Alten.

Eine seltsame Kugel war diese vom Wasser angestrichene blaue Erde, die mit Raketentempo unentwegt durch das schwarze Weltall düste. Wirklich eine blauseltsame Kugel.

***

18
Fliehender Raum am Horizont

Wissen Sie, wenn man zur See fährt, schreibt man alles auf. Wie viele Wolken am Himmel fliegen, wie viele Regentropfen auf das Boot fallen, damit es nicht zu schwer wird, wie viele Delphine aus dem Wasser auftauchen, was man isst und ob man eine Kartoffel am Montag 30 mal und am Dienstag nur 20 mal kauen muss, einfach alles. So habe ich es auch gemacht, schließlich bin ich ein Seefahrer, kein Straßenfahrer wie die meisten Menschen. Aber ich vergaß, mir die Namen der Abenteuer aufzuschreiben.

Wissen Sie…? Sie schweigen? Warum schweigen Sie? Wahrscheinlich wissen Sie überhaupt nichts. Also die Namen, ja die Namen und wohl auch die Nummern habe ich vergessen, als ich eines Tages am Horizont, dort wo das Wasser in den Himmel und die Wolken in das Meer fließen, genau an dieser gebogenen Linie, einen Raum auf dem Meer entdeckte. Wirklich, einen viereckigen Raum, groß wie ein Zimmer, er stand auf den Wellen und schaukelte auf der fernen Linie des Horizontes.

Irgendwie fühlte ich mich von diesem Raum angezogen, jeder würde sich angezogen fühlen, wenn er plötzlich auf dem Wasser ein seltsames Zimmer stehen sieht.

Sofort nahm ich Kurs und eilte, den fremden Raum zu erreichen. Nach sechs Stunden hatte ich den Horizont erreicht, doch der Raum, er war fort, auch weitergezogen, nicht mehr ganz so weit weg wie vorher, aber immer noch in großer Entfernung. Also spannte ich mein größtes Segel zusätzlich auf, um schneller zu sein und den unbekannten Raum einzufangen. Nach drei Stunden erreichte ich die Stelle, wo ich den Raum noch eben gesehen hatte, doch er war wieder weg, verschwunden. Nicht mehr so weit entfernt wie beim ersten Versuch und auch nicht mehr so weit weg wie beim zweiten Mal, aber immer noch unerreichbar.

Jetzt blieb mir nichts anderes übrig, als mein Hemd auszuziehen und es als zusätzliches Segel aufzuspannen. Damit raste mein Boot pfeilschnell über das Meer und endlich, nach zehn Minuten, hatte ich den Raum erreicht.

Es war ein seltsames Gebilde, ein Raum, wie ein kleines Zimmer, der mitten auf dem Meer schwebte. Seine Wände waren derart zart, dass man mit der Hand hindurchgreifen konnte.

Seine Fenster waren dünn wie ein Atemzug, so dass der Wind auch ungehindert hindurchzog. Seine Decke war wie unsichtbare glänzende Seide, an einigen Stellen mit den Abdrücken der Nachtsterne verziert, sogar die Sonnenstrahlen konnten durch diese dünne Decke fallen und verwandelten sich im Raum zu unzähligen goldenen Perlen. Und erst der Fußboden, er war extrem dünn, dass ein Fuß, wenn man ihn hinaufsetzte, unten wieder herauskam, ja er kam sogar auf der anderen Seite der Welt wieder heraus.

Ich beschloss, diesen Raum mitzunehmen, um ihn zu Hause genauer untersuchen zu können. Er war vielleicht ein sehr besonderer Raum, der alles verwandelte: wenn man ihn mit einer Banane betrat und die Banane in diesem Raum aß, vielleicht würde sie dort wie eine süße Kirsche schmecken. Oder sie würde sich in eine gebogene Linie aus Gold verwandeln. Vielleicht war es eine Art Verwandlungsraum.

Aus Gold?, unterbrach Mikado, was soll ich mit einer Banane aus Gold, ich könnte sie nicht einmal schälen.

Schwarzbart hörte nicht hin.

Wie sollte ich den Raum transportieren?, fuhr er fort. Mir blieb nichts übrig als mein größtes

Segel vom Mast herunterzuholen und damit den Raum einzuwickeln. Dann verschloss sich das Segel und verknüpfte es mit dem sichersten Schiffsknoten, den ich kannte, an mein Boot. Auf diese Weise fuhr ich nach Hause zurück, langsam wie eine Schnecke, denn im Schlepptau zog ich den Raum hinterher, der feiner als Luft aussah und dennoch schwer wie eine Bleikugel an meinem Boot hing.

Nach vielen Tagen erreichte ich wieder meine Heimatsinsel, sprang eilig an Land und zog behutsam den eingewickelten Raum aus dem Wasser. Direkt neben meiner Hütte stellte ich ihn auf. Jetzt legte ich mich erst einmal für ein paar Minuten in meine Hängematte, ein wenig auszuruhen, um später den geheimnisvollen Raum zu untersuchen.

Erzählen Sie weiter, sagte Mikado, was befand sich in dem Raum?

Schwarzbart reagierte nicht. Der Affe konnte unternehmen was er wollte, er war nicht imstande, den alten Seebären, der friedlich in der Hängematte schlummerte, aufzuwecken. Die ganze Nacht versuchte Mikado nichts anderes, als den Kapitän aufzuwecken, vergebens. Erst am nächsten Morgen erhob sich Schwarzbart.

Habe ich gut geträumt, sagte er, als ihm die ersten Sonnenstrahlen der Dschungelsonne in die Augen fielen. Er blickte zur Seite, dort, wo er am Vorabend den wundersamen Raum abgestellt hatte. Es war nichts mehr zu sehen. Lediglich eine kleine Pfütze auf dem trockenen wüstenartigen Boden des Dschungels.

Sie hätten nicht weiterschlafen dürfen, sagte der Affe Mikado vorwurfsvoll. Es gibt Millionen von Räumen auf dieser Welt, kleine, riesengroße, tausende von Menschen haben in ihnen Platz, goldene, grüne, Räumen mit Gerüchen voll von Bananen, Räume mit weniger angenehmen Gerüchen. Und Sie hatten einen Raum, der sich von diesen vielen Millionen anderer Räume unterschied, Sie haben ihn einfach weggeschlafen, sagte Mikado erbost.

Schwarzbart reagierte nicht, noch immer starrte er auf die Wasserpfütze, die sich an der Stelle gebildet hatte, wo der seltsame Raum gestanden hatte.

Eine Wassermorgana, es muss eine Wasser- morgana gewesen sein, die ich gestern auf dem Meer gefunden und bis hierher geschleppt hatte. Ich werde mich morgen wieder aufmachen, an diese Stelle zurückfahren um zu sehen, ob sich noch ein weiterer Raum dort befindet, eine zweite Wassermorgana. Wo etwas einmalig ist, kann es zwar nicht ein zweites Mal sein, sonst wäre es nicht einmalig, aber es könnte ein zweites Mal einmalig dort vorhanden sein und dieses Mal würde ich den Wassermorgana-Raum bestimmt nicht wegschlafen, brummte Schwarzbart in seinen Bart hinein.

Aber nun lassen Sie uns erst einmal frühstücken, sagte Schwarzbart, alles hat seine Zeit, dass Frühstücken und das Nichtfrühstücken, eine Vater, Pardon, eine Fata Morgana, eine Wassermorgana, was auch immer Sie wollen, alles hat eine Zeit, auch davon zu erzählen, vielleicht ein anderes Mal, später, es wird sich zeigen, vielleicht eine Morgana später, wir werden sehen, am Abend, wenn es Zeit für die Schlafmorgana ist, werden wir es sehen, vielleicht dann, aber nur vielleicht, denn ein Vielleicht ist wie eine Morgana, es ist da und es ist doch nicht da, ja, so ist es, jedenfalls vielleicht.

***

Inhaltsverzeichnis

Biografie

Ich wurde in Berlin geboren. Nach dem Abitur in Berlin habe ich Medizin in Berlin und München studiert und war nach meinem Studium ca. 40 Jahre in der Medizin tätig. Seit Ende 2023 bin ich berentet. Während meiner Berufstätigkeit habe ich nebenher eine Reihe von Manuskripten verfasst, ein Jugendbuch, Kinderbücher, Romane und Gedichte.
Einige sind seitdem über einen Self-publishing-Verlag veröffentlicht worden.

<><><><><><>

Neben einer Reihe anderer Veröffentlichungen hat der Autor auch folgende Gedicht- und Prosabände veröffentlicht:

Die Christyllische Weihnacht – Weihnachten wie immer (und) anders

27 Kurzgeschichten mit je einem Bild, zu jedem Tag vom 1.-26. sowie 31. Dezember; sehr abwechslungsreiche Geschichten von Weihnachten im Kaufhaus, bei den Schildbürgern, in einem neuen Märchen, als Science-Fiction und Weihnachtsgeschichten zur Zeit der Geburt Jesu. So abwechslungsreich, dass für jeden und jedes Alter etwas dabei ist (auch in Englisch erhältlich.

Aventsschilda Die EULENde SPIEGEL-Weihnacht

Weihnachtsgeschichten mit und ohne Eulenspiegel in Schilda, bereichert durch weihnachtliche Gedichte. Zu lesen wie ein Adventskalender.

Schwarzbart's kandidelte Adventsgeschichten

Der alte Seekapitän erzählt fantastische Advents-geschichten voller Fantasie, bereichert durch weihnachtliche Gedichte. Zu lesen wie ein Advents-kalender.

Ein denkwürdiger Adventskalender

Das schönste am Fest war der Adventskalender. Jedes Jahr freute er sich auf diese verkleidete, geheimnisvolle süße Gabe. Draußen die bunten Bilder, die versteckten Türchen, Zahlen, die zwischen Engeln, Krippen und Weihnachtsmännern umherschwirrten. So war es jedes Jahr, aber dann stimmt irgendetwas nicht. Dies erzählt die Geschichte um einen ganz besonderen Adventskalender voller Überraschung.

Die Insel der Figuren

Ein kleines Mädchen in Japan bekommt zum Geburtstag von ihrem Vater eine Puppe geschenkt. Als das Mädchen älter ist, wird die Puppe in einem kleinen Boot auf die Wellen des Meeres gesetzt. Offensichtlich eine Tradition ins Erwachsenenalter.
Einige Zeit später reist ein anderes Mädchen ihrer verschwundenen Puppe hinterher, eine spannende abenteuerliche Reise mit einem ungewöhnlichen überraschenden Ende beginnt. (Fantasieroman)

Der kleine Mugu auf dem Noddelthron

Ein Jungen lebt in dem Land eines Königs. Eines Tages kommt ein Prahlhans in dieses Land. Er besitzt die Fähigkeit, die Gedanken anderer Menschen mit seinen wilden Haaren einzufangen. Der König wollte diese Fähigkeit erlernen und folgte dem Prahlhans. Ausgerechnet der kleine Junge Mugu gewann die Nachfolge des Königs und regierte das Land, in dem er viele Dinge auf den Kopf stellte. (Märchenroman)

Manu's Reise mit dem Tod –
eine Fuge durch die Zeit

Roman, 256 Seiten, verschiedene Lebenslinien aus dem Leben einer Frau, fugenartig verwoben, Ereignisse des Todes in ihrem Leben und ein weiterer Handlungsstrang über verschiedene Rituale zur Zeit des Todes in verschiedenen Kulturen (auch in Englisch erhältlich „Manu´s Journey with Death").

GeGlichenes

Die folgende Sammlung in 4 Bänden enthält etwas über 60 Kurzgeschichten, jede Kurzgeschichte baut auf einer aus dem Neuen Testament stammenden Bibelstelle gleichnishaft auf und ist auf unsere Zeit übertragen. Zwischen den Geschichten findet sich jeweils ein Aphorismus oder ein Gedicht.

Das Moooondschaaaaf
(monatlich durch das Jahr)

Für jeden Tag eines Monats ein Gedicht aus Sicht eines auf dem Mond lebenden Schafs, das humorvoll, kritisch, skeptisch und wiedererkennend unsere Erde beäugt; zwischen jedem Gedicht ein Aphorismus; mit passenden lustigen Bildern aus Kinderhand; auch als Geburtstagsgeschenk für den passenden Geburtstags-monat geeignet.

Tortellintauben - TierGdichte für Rwachsene

61 Tiergedichte als Spiegelbild menschlichen Verhaltens, wunderschön von Kinderhand illustriert.

Ostern- Gedichte zur Osterzeit

43 Gedichte mit christlichen Inhalten von Gründonnerstag bis zur Auferstehung Jesu, durchsetzt mit gedankenvollen Aphorismen.

Hinter dunklen Himmelswolken
Gedichte in Zeiten der Trauer

74 Gedichte über Tod, Sterben, Hoffnung, Zuversicht, das Danach.

Der erdenkliche Mensch
Das Du im Ich

55 Gedichte, dazwischen Aphorismen, die sich nachdenklich und kritisch mit liebgewonnenen menschlichen Verhalten auseinandersetzen.

Ein KESSEL Bunte GeDichte

Ein Kessel bunter Gedichte, unterbrochen von kurzen Aphorismen – eben wie in einem großen bunten Kessel, wenn es heißt: tüchtig rühren, Kelle rein, sich überraschen (pardon inspirieren) lassen, was auf den Teller kommt.

Milton Keynes UK
Ingram Content Group UK Ltd.
UKHW031156251124
451529UK00001B/11

9 783759 722782